故事HOME 10

幸福的好滋味

編輯序

當孩子不愛讀書……

慈濟傳播人文志業出版部

親師座談會上，一位媽媽感嘆說：「我的孩子其實很聰明，就是不愛讀書，不知道該怎麼辦才好？」另一位媽媽立刻附和，「就是呀！明明玩遊戲時生龍活虎，一叫他讀書就兩眼無神，迷迷糊糊。」

「孩子不愛讀書」，似乎成為許多為人父母者心裡的痛，尤其看到孩子的學業成績落入末段班時，父母更是心急如焚，亟盼速速求得「能讓

孩子愛讀書」的錦囊。

當然，讀書不只是為了狹隘的學業成績；而是因為，小朋友若是喜歡閱讀，可以從書本中接觸到更廣闊及多姿多采的世界。

問題是：家長該如何讓小朋友喜歡閱讀呢？

專家告訴我們：孩子最早的學習場所是「家庭」。家庭成員的一言一行，尤其是父母的觀念、態度和作為，就是孩子學習的典範，深深影響孩子的習慣和人格。

因此，當父母抱怨孩子不愛讀書時，是否想過——

「我愛讀書、常讀書嗎？」

「我的家庭有良好的讀書氣氛嗎？」

「我常陪孩子讀書、為孩子講故事嗎？」

雖然讀書是孩子自己的事，但是，要培養孩子的閱讀習慣，並不是將書丟給孩子就行。書沒有界限，大人首先要做好榜樣，陪伴孩子讀書，營造良好的讀書氛圍；而且必須先從他最喜歡的書開始閱讀，才能激發孩子的讀書興趣。

根據研究，最受小朋友喜愛的書，就是「故事書」。而且，孩子需要聽過一千個故事後，才能學會自己看書；換句話說，孩子在上學後才開始閱讀便已嫌遲。

美國前總統柯林頓和夫人希拉蕊，每天在孩子睡覺前，一定會輪流摟著孩子，為孩子讀故事，享受親子一起讀書的樂趣。他們說，他們從

小就聽父母說故事、讀故事，那些故事不但有趣，而且很有意義；所以，他們從故事裡得到許多啓發。

希拉蕊更進而發起一項全國性的運動，呼籲全美的小兒科醫生，在給兒童的處方中，建議父母「每天為孩子讀故事」。

為了孩子能夠健康、快樂成長，世界上許多國家領袖，也都熱中於「為孩子說故事」。

其實，自有人類語言產生後，就有「故事」流傳，述說著人類的經驗和歷史。

故事反映生活，提供無限的思考空間；對於生活經驗有限的小朋友而言，通過故事可以豐富他們的生活體驗。一則一則故事的累積就是生

活智慧的累積，可以幫助孩子對生活經驗進行整理和反省。

透過他人及不同世界的故事，還可以幫助孩子瞭解自己、瞭解世界以及個人與世界之間的關係，更進一步去思索「我是誰」以及生命中各種事物的意義所在。

所以，有故事伴隨長大的孩子，想像力豐富，親子關係良好，比較懂得獨立思考，不易受外在環境的不良影響。

許許多多例證和科學研究，都肯定故事對於孩子的心智成長、語言發展和人際關係，具有既深且廣的正面影響。

為了讓現代的父母，在忙碌之餘，也能夠輕鬆與孩子們分享故事，我們特別編撰了「故事home」一系列有意義的小故事；其中有生活的真

實故事，也有寓言故事；有感性，也有知性。預計每兩個月出版一本，希望孩子們能夠藉著聆聽父母的分享或自己閱讀，感受不同的生命經驗。

從現在開始，只要您堅持每天不管多忙，都要撥出十五分鐘，摟著孩子，為孩子讀一個故事，或是和孩子一起閱讀、一起討論，孩子就會不知不覺走入書的世界，探索書中的寶藏。

親愛的家長，孩子的成長不能等待；在孩子的生命成長歷程中，如果有某一階段，父母來不及參與，它將永遠留白，造成人生的些許遺憾——這決不是您所樂見的。

作者序

發現童話中的訊息

◎吳燈山

我喜歡講故事，尤其是講童話故事；我喜歡寫故事，尤其是寫童話故事。

為什麼呢？那是因為我從小就是個童話迷；不瞞你說，我是聽童話故事長大的！

記得小時候住在鄉下，每天晚上左右鄰居都會搬出躺椅、長板凳或小板凳，到廣場集合。大人一邊欣賞夜空一邊聊天，小孩們則玩官兵捉強盜或捉迷藏的遊戲。當我們這群小蘿蔔頭玩累時，就會跑去吵著大人講故事給我們聽。

大人總不會讓我們失望，紛紛「披掛上陣」：叔公講太陽的故事，嬸婆說月亮傳奇，舅舅說星星的故事……隨著一個個精采故事的情節，我們的想像力跟著無限延伸，遨遊於神祕的童話世界裡。小時候雖然出身貧窮農家，生活困苦，可是童話豐富了我的心靈小綠洲；一直到今天，我仍然十分懷念那段充滿童趣的「童話之夜」歲月。

長大後身為人師，我仍然無法忘情童話，總會利用授課空餘時間，講一些短篇童話給小朋友聽。我發現小朋友聽故事時，神情特別專注，注意力很集中；因此，這給了我一個靈感，那就是把教材編成一個個故事，上課再說給學生聽。當他們聽完我講的故事之後，無形中已對教材內容的重點有了初步瞭解，學習起來也就變得簡單容易了，因而大大提高他們學習的興趣。後來，我把其中一些故事寄給報章雜誌發表，與全國小朋友分享。

事實上，童話迷人之處，不只是活潑的內容和有趣的情節而已，更珍貴的是隱藏在故事情節中的東西。這種東西是無形的，它透過故事內容直接和讀者的心靈進行對話，傳遞某種訊息。

到底童話傳達哪些訊息呢？我想，誰也無法給出確切的答案。因為每一篇童話所要傳遞的訊息並不相同，而且可能不只一種，再加上每個人心靈的體悟深淺不同，所以得到的訊息並不一樣。這些訊息，可能是作者可貴的人生經驗，也可能是做人做事的道理。

譬如說，有些童話傳達友愛、孝順、勇敢的訊息，有些童話傳達親情的可貴、環保的重要等訊息，還有些童話傳遞遭遇挫折和難關時，應該採取何種態度面對的訊息……

不過，這些訊息是「隱形」的，讀者必須用心體會，才能獲得。為了讓小讀者容易發現童話中隱藏的訊息，本書每篇故事後面附有「給小朋友

的貼心話」一欄，希望藉著它的指引，小朋友能觸類旁通，獲得更多對心靈成長有幫助的訊息。

你一定很好奇，這本書裡的三十則童話，到底隱藏著多少種訊息呢？那麼，請打開下一頁，開始來一趟充滿童趣和幻想的「童話之旅」吧！記得喲，閱讀時盡情地發揮想像力，做各種自由的聯想，同時以一顆寧靜的心去尋找、發現童話中傳達的訊息。祝你收穫滿籮筐，有個既充實又愉快的「心靈豐收之旅」！

目錄

飛行烏龜

烏龜對天上的白雲說：「你真自由，想去哪裡，就去哪裡，真好。」

白雲聽了，驚訝的問：「誰控制你了？難道你沒有行動的自由嗎？」

烏龜嘆了一口氣說：「都是這層厚厚的殼，限制了我的自由，我好像被它綁住了。那麼重的殼，壓得我快喘不過氣，只能慢慢的在地上爬。我真希望能像你一樣，在天空飛

呀飛！」

「這件事我幫不了你，眞抱歉。」說完，白雲急急忙忙飄走了。

烏龜傷心極了；爲了讓心情轉好，他決定去動物園逛逛。

爬呀爬，烏龜終於來到動物園。他發現，今天的動物園好熱鬧喲；原來，動物園正在舉行一年一度的領養動物活動呢！

烏龜自言自語的說：「我太寂寞了，需要一個伴。」他詳細看過領養辦法之後，決定採取進一步的行動；於是，他

去找長頸鹿園長說：「我也想領養動物。」

長頸鹿園長問他：「你想領養大動物，還是小動物？」

烏龜想了想：「獅子和河馬都太大，我就領養鸚鵡好了。」

長頸鹿園長打開鳥籠，鸚鵡飛了出來，高興的說：「烏龜先生，謝謝你。被關在籠子裡的滋味，真不好受！」

烏龜帶鸚鵡回家。鸚鵡在烏龜後面，走一步，停一下，再走一步；走了很久，好不容易才回到烏龜的家。啊！烏龜的家好小，他和許多哥哥、弟弟擠在一個臉盆大的小水坑裡，居住環境眞是糟透了。

第二天，鸚鵡飛出去偵查，發現不遠處有個池塘，池塘裡開滿飄著香味的荷花。鸚鵡立刻高興的飛回來告訴烏龜，烏龜們便快快樂樂的搬家。「新家」比舊家大上一百倍，既寬敞又舒適，烏龜們滿意極了。

可是，過沒幾天，鸚鵡發現烏龜獨自在池塘邊曬太陽，一副悶悶不樂的樣子。

「你爲什麼不快樂呢？」鸚鵡問。

烏龜回答：「自從你來了以後，我的日子快樂多了。如果還有不快樂的事，那就是我一直好想飛上天；然而，這個願望一直沒有辦法實現。」

鸚鵡說：「讓我來想想辦法，你等著我的好消息吧！」說完，鸚鵡展翅向山裡飛去。

三天後，天空中出現一大群鸚鵡，嘴上都叼著一根細繩，繩子的下方繫著一個籃子。他們請烏龜坐上籃子，然後一起拍動翅膀往上飛。籃子慢慢升空了，烏龜發現自己飛上了天空，興奮的大叫：「我飛上天空啦！」

一朵白雲飛了過來，好奇的看著這一切。「天空中怎麼突然出現一只飛行籃子？」當他看見籃子裡的烏龜時，驚訝得說不出話來。

烏龜請白雲進來籃子裡坐，免費搭乘飛行籃子。「恭喜你的願望實現了！」白雲爲烏龜感到高興。

「我要感謝鸚鵡，都是他幫的忙。」烏龜說。白雲俏皮的變成一對翅膀，附在烏龜背上不停拍動著；烏龜笑哈哈的說：「哇！我成了飛行烏龜啦！」

給小朋友的貼心話

俗話說：「助人最樂。」故事中的烏龜領養了被關在籠子裡的鸚鵡，生活變得比以前快樂多了。鸚鵡不僅幫烏龜們找到寬敞又舒適的新家，還實現了烏龜想飛上天空的美夢。

幫助別人並不是爲了得到回報；可是，被幫助的人感恩不已，雙方往往會成爲一輩子的好朋友。幫助別人越多，好朋友也越多，這不是一件很棒的事嗎？

傻先生與精小姐

傻先生住在山上，有一座很大的農場，裡面養了很多羊、牛和雞。精小姐住在山下，她是個懶惰的人，整天不工作，只想占別人的便宜。

有一天，精小姐動起壞腦筋，她跑到山上，對傻先生說：「我們是好鄰居，應該常常來往才對，就讓今天成為一個美好的開始吧！」

「好呀！好的開始……」傻先生笑呵呵的說。

「我送你一把蔥，你借我一隻綿羊，我明天再還你，可以嗎？」精小姐說出她的要求。

「好呀！妳把綿羊牽回去吧！」傻先生居然答應了。

精小姐高高興興的牽著綿羊回家，當天晚上就把

綿羊身上的毛全剪光了。

第二天，她又帶著另一把蔥去換另一隻綿羊回來，又獲得不少羊毛。

一個月後，她把羊毛賣掉，得到不少錢。

「綿羊的毛全被我剪光啦！再來，應該對乳牛下手了。」這樣想的精小姐，拿了一塊番薯向山上走去。

「我送你一塊番薯，你借我一頭乳牛，可以嗎？」精小姐撒嬌的問。

「好呀！妳把乳牛牽回去吧！」傻先生又答應了。

精小姐高高興興的牽著乳牛回家擠鮮奶，喝不完就拿去

賣。

第二天，她又帶著另一塊番薯去換另一頭乳牛回來。不過，這次事情比較不順利，她喝了鮮奶以後，一直鬧肚子痛。醫生說是因爲她喝太多鮮奶了。

爲了治病，精

小姐花了一筆醫藥費，讓她心疼死了。

「我討厭乳牛，再也不想看到牠了！讓我想一想，還可以向那位傻先生借什麼動物？」精小姐的眼珠子咕嚕咕嚕的轉著。突然，她大聲叫了起來：「對了！我上次看見他養了一籠子鬥雞，可以向他借鬥雞去參加比賽，拿獎金！」

她立刻跑上山，對傻先生說：「我送你荔枝，你借我鬥雞，好不好？」

傻先生想說些什麼，可是精小姐根本不讓他有說話的機會，就把整籠子的鬥雞全帶回家。

回到家，精小姐迫不及待的把雞籠打開，籠子裡還沒訓

練好的鬥雞，馬上一隻隻的衝了出來；牠們將被關的怒氣，全部發洩在精小姐身上，向她展開猛烈的攻擊。精小姐被鬥雞啄得全身傷痕累累，費了很大的勁，才

把鬥雞一隻隻抓進籠子裡。

精小姐連忙把鬥雞送回山上。傻先生熱心的問：「精小姐，妳還要借什麼嗎？妳的臉怎麼了，為什麼蒙上紅絲巾？」

「不借了！不借了啦！」精小姐頭也不回的走了，她怕被傻先生看見——她那張被鬥雞抓傷的臉。

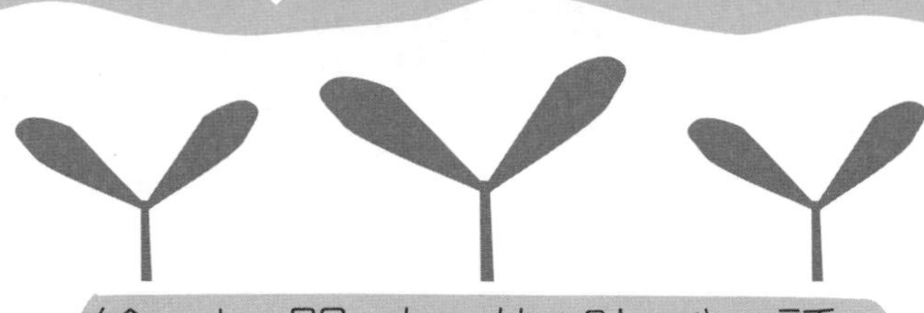

給小朋友的貼心話

大家都喜歡做個精明的人，而不喜歡當傻瓜。故事中的精小姐就是這麼一個人。她處處算計人家，占盡傻先生的便宜；可是，太過精明的她，最後反而嘗到了苦果。

有一句話說：「傻人有傻福。」你認爲這句話有沒有道理？爲什麼？

小斑歷險記

高高的山上有一條清澈的小溪，溪裡住著一條活潑的石斑魚小斑。他每天都自由自在的游來游去，不是找石縫中其他魚兒一起玩耍，就是到處去探險。

這一天，小斑又在溪流中探險了。忽然，天空「轟隆！轟隆！」響個不停，接著「嘩啦！嘩啦！」下起大雨。雨珠就像豆子那麼大，打在溪面上，發出「咚！咚！」的聲音。

「哇！這場雨下得眞大啊！」小斑趕緊躲進石縫中。

沒想到，這陣雨越下越大；沒多久，溪水暴漲，滾滾的水流像千軍萬馬般，向山下奔騰而去。

小斑也被強大的水流帶走，一連翻了好幾個筋斗；他還來不及喘一口氣，已經被急流沖到另一個地方。

「我頭好昏……我要被水沖下去了！救命啊……」小斑拚命的往回游，但最後還是被滔滔的大水沖到溪流下方。

雨終於停了，小斑的頭也不昏了，這才有精神觀察四周。

「我好像迷路了，這個地方我從沒來過呢！」

不過，愛玩的小斑很快就忘了迷路的事，因爲他觀察到

了一件事：「咦？這裡的水流得慢慢的，比較溫暖呢！」

然後，小斑游到石頭旁，高興的說：「哇！這裡的石頭圓圓滑滑的，我可以在上面溜滑梯。」

小斑張開魚鰭，從石頭上溜了下來。眞好玩呀，他溜過一顆又一顆的石頭。

小斑玩得太興奮了，不小心撞到正在睡覺的吳郭魚爸爸。

吳郭魚爸爸被吵醒了，不高興的說：「是誰啊？」

小斑臉紅的說：「對不起！都是我不小心。」

吳郭魚爸爸繞著小斑游了一圈，然後說：「我沒見過

你，你是新搬來的吧？」

這時候，許多魚蝦紛紛游了過來，小斑很有禮貌的說：「大家好！我叫小斑，是被大水沖下來的。這裡有這麼多朋友，好熱鬧呵！」

「因為這裡是下游啊！哈哈，我這邊還有更多魚呢！」吳郭魚爸爸說話的時候，有好幾百隻小魚們從他的口中游出來，很有秩序的排成一列長長的隊伍。

小斑的眼睛張得大大的，一時心血來潮：「哇！好多可愛的小魚呵，我來當他們的班長吧！」

說完，小斑帶頭在前面游，小吳郭魚們便跟在後面游啊

游。

吳郭魚爸爸看了很驕傲的說：「這些都是我的小孩，我把牠們放在嘴裡，是爲了保護牠們呵！」

小斑看見遠方出現彩色的水，很興奮的說：「那邊的水

是彩色的耶！我帶你們去參觀吧！」

可是小魚們停了下來，說：「爸爸說不可以靠近那邊，那邊的水會讓我們生病。」

小斑覺得很奇怪，這時吳郭魚爸爸說：「你看見溪水邊的管子嗎？人類把工廠不要的水排到溪裡，我們一靠近就會生病呵！」

小斑驚訝的說：「好恐怖啊！會讓我們生病的水，還是離它遠一點吧！」

吳郭魚爸爸讓小魚們進入嘴裡，游了一陣子，直到看見一片綠色的水草才鬆了一口氣，將速度放慢下來。吳郭魚爸

爸說：「這裡安全了。」

小斑被眼前一大片的水草吸引住了，高興的說：「這裡有好多水草呵！我們可以玩捉迷藏耶！」

小斑開始在水草中鑽來鑽去，住在水草中的魚蝦們也紛紛加入遊戲的行列，他們玩得好高興。

有一隻鱸鰻也跟著大家一起玩，小斑說：「哇！你的身體好大啊！」

鱸鰻哈哈大笑：「我的身體雖然大，可是要找到我也不容易呵！你瞧！」

說完，鱸鰻慢慢沉到泥堆底下，動也不動；如果不仔細

看，還眞不容易發現他呢！

小斑驚訝的說：「你眞會躲藏，好厲害呵！」

鱸鰻露出嘴說：「因爲我的身體跟泥土的顏色很像啊！」

小斑覺得溪流的下游眞是太有趣了，有好多朋友可以一起玩遊戲。

玩了一陣子，小斑有點累了，他開始想家了。小斑問吳郭魚爸爸說：「這裡雖然很有趣，可是我想回家了。該怎麼游回去呢？」

吳郭魚爸爸用鰭指著前方說：「很簡單，你只要往上面游去，就可以回家了。」

小斑試著往上面游了一下，但是很快的又被急流沖了回來。他著急的說：「可是我怕游不回去，這裡的水流太急了！」

鱸鰻笑著說：「別擔心，跟著我做就對了。」

鱸鰻帶著小斑游到一個階梯前，說：「這是人類做的魚梯，只要跟著我

向上跳，就可以回到家了。」

說完，鱸鰻用力一跳，跳上魚梯。小斑覺得好有趣，也跟著做，一階一階往上跳。

要離去之前，小斑對大家說：「謝謝你們！下游眞是一個好玩又溫暖的地方，我還會再來玩的。再見！」

給小朋友的貼心話

清澈的小溪裡，住著魚和蝦，自由自在的游來游去。如果你站在溪邊，看見這幅景色，心中一定很快樂。

可是，下游的小溪生病了，變得又臭又髒，失去原有的美麗。爲什麼會這樣？是什麼原因讓小溪生病了？

永遠的好朋友

種子小貝貝離開媽媽後，順著山勢，朝山坡下滾去。滾呀滾呀，來到凹凸不平的小山丘時，哎呀！真不巧，小貝貝剛好掉到大石頭下，出不來了！

「黑黑粗粗的東西，是什麼怪物嘛？」小貝貝拉開嗓門大聲嚷著：「喂！放我出去，放我出去！」

「誰在叫我呀？七早八早的。」石頭公公被吵醒了，邊打呵欠邊說。

「是我，小貝貝。石頭公公，可不可以麻煩你移動一下身子，我要出去。」

石頭公公聽了，忍不住發出笑聲。「你要我移動身體？哈哈哈！這件事真是太好笑了。如果我能動，就不用在這裡『蹲』了。對不起，這件事我幫不上忙。」

「拜託啦！你只要移動一下下就行。」

「唉，我這把老骨頭早就僵硬了。我老早就想動動筋骨，可是一直力不從心呀！」石頭公公嘆口氣說。

「真糟糕，這樣我就出不去了。」小貝貝冷靜一想，石頭一族不都是如此嗎？最後他想開了，說：「好吧！我留下來

陪你。」

「哇！太好了！」石頭公公日子過得很寂寞，聽到小貝貝願意留下來陪他，高興極了。那天，他講了雲和風的故事給小貝貝聽，小貝貝聽得入迷；晚上，石頭公公又講了星星的故事。

幾天後，小貝貝悄悄的把細根往土裡扎。有一天下雨了，雨滴從天空落下，滾到石頭縫裡；小貝貝吸收了這些雨水，長出兩片嫩芽。

石頭公公繼續說故事給他聽。石頭公公又說了一棵大松樹的故事：大松樹長得又高又壯，好多鳥都飛來築巢，天天唱歌給大松樹聽，大松樹因此成了一棵「音樂樹」。

「我眞希望能像大松樹一樣，長得那麼高壯啊！」小貝貝羨慕的說。

「只要努力吸收雨露和營養，有一天你也會長成一棵大樹的。」石頭公公鼓勵他。

果然，隨著日子一天天過去，小貝貝越長越高了。偶爾會有一、兩隻鳥飛來，停在他身上啁啾幾聲。爲了吸引更多的鳥飛來唱歌，小貝貝更加努力長高。

小貝貝，哦，不！「大」貝貝的根越長越粗，將石頭公公緊緊纏住，好像怕他會掉落似的；遠遠望去，像極了一隻大手抓緊一塊小石頭。

現在，換大貝貝講給石頭公公聽了。他將看到的山中景色，和動、植物的生態，一一說給

石頭公公聽。大貝貝成為石頭公公的眼睛了！

有一天，飛來一隻五色鳥，他的翅膀像彩虹，真美！

「你飛了多遠？」小貝貝問。

「我飛過高山、平原，也飛過丘陵、海洋，到底飛了多遠，已經算不清了。」五色鳥一邊整理羽毛一邊說。

「你到過哪些好玩的地方呢？」這次換石頭公公問。

「我到過花的故鄉。那裡有永不凋謝的花朵，空氣中瀰漫著清新撲鼻的香氣，吸入後全身舒暢無比。五顏六色的花，不僅漂亮，而且每一朵花都會說話，陪你聊天，和你談心，他們說出的都是芬芳的好話，聽起來舒服極了！」

「哪一種花最令你難忘？」石頭公公又問道。

「有一種叫『歌神』的花，什麼歌都會唱，她還接受點歌，只要你想聽的歌，她都能唱出來。」

「眞想認識她呀！」石頭公公嚮往的說：「我現在好想聽『風之歌』這首歌。」

五色鳥剛好會唱，便拉開嗓門輕輕唱了起來：

風兒風兒
在我身旁

不停的轉呀轉
他在低低歌唱
像小河潺潺的流水聲
唱出生命的樂章
風兒風兒
不停的轉呀轉
唱出一首又一首屬於自己的歌

石頭公公一副陶醉的模樣，聽得十分入神。

那年雨季，大雨嘩啦嘩啦的下，一直落個不停。豪雨造成山洪暴發，憤怒的溪水夾帶著沙石傾瀉而下，很多石頭被摔得粉身碎骨。

石頭公公安然無恙，因爲大貝貝的根緊緊抱住了他。

「多虧有你，我才不會被溪水沖走。太感謝你了！」石頭公公由衷的說。

「不用謝啦！別忘了，我們是一對永不分離的好朋友呀！」大貝貝笑著說。

給小朋友的貼心話

小朋友，你喜歡交朋友嗎？交朋友的好處很多，除了可以互相打氣、安慰之外，遇到困難的時候，還可以找他們商量，幫你想辦法解決難題。

祝福你像石頭公公和貝貝一樣，有知心的好朋友！

山上的怪樹

在一座山上的溪水旁，長了一棵怪樹，他常常有一些奇怪的行為。

這棵樹跟別的樹不一樣——他很好動；如果他的腳能動，早就跑得不見蹤影了。

「誰說樹都是冷冰冰的？我就不一樣！珍惜生命中的每一天，過著熱情有勁的生活。」

怪樹說到做到。有一天，一群黃鶯飛來他的枝頭開春季

演唱會，好聽的歌唱了一首又一首，聽得怪樹高興極了，枝條跟著舞動起來，嚇得黃鶯差點兒從樹上摔下去。

每天早晨，爲迎接太陽，怪樹的「千手」刷的一聲同時指向東方；夜裡，爲了表達對月亮的崇敬，他的「千手」直直的伸向半空。

天氣熱的時候，他把「千手」伸進溪水，拍打出嘩啦啦的水花；氣候冷的季節，他把枝葉靠在一起，這樣比較暖和。

可是，不曉得爲什麼，怪樹最近安靜多了。他似乎很不快樂，枝條往下垂，葉子不像以前那麼綠。到底是怎麼一回

事呀？

一群住在山上的小孩，嘻嘻哈哈的涉過溪水，經過怪樹身旁，朝山下的學校走去。突然，怪樹伸出「手」搶了一個

小朋友的書包。那個小朋友緊緊抱著書包不放，別的小朋友趕忙跑過來，把纏著書包的枝條解開。

「我要上學！我要上學！」怪樹邊哭邊叫。

小朋友聽了哈哈大笑。其中一個小女孩說：「別哭了啦！我今天去問老師，看他要不要收你這個學生。」

怪樹這才不哭了。原來，他天天看小孩子快快樂樂的上學，也想去學校讀書呢！

那天，他一直等啊等，終於等到小孩子們出現了。他著急的問：「老師答應了嗎？」

小女孩回答：「老師說你的腳不能動，沒辦法去學校，

她又很忙，沒時間過來教你。所以……，哎呀！你別哭嘛！」

「人家想讀書嘛！一輩子站在這裡，多沒出息呀！」怪樹傷心的說。

「沒關係，我們可以當你的小老師，教你認字、念故事給你聽呀！」

怪樹聽了好高興，唱起了沙沙的歌。他對小孩子們說：「謝謝你們願意當我的小老師，我會努力學習的。」

從此，怪樹和小孩子成為好朋友。小孩子常常爬到樹上，念故事給他聽；怪樹把枝幹垂下來，當溜滑梯讓小孩子玩。

有一天下午，天氣很熱，一些小男孩受不了，紛紛脫光衣服，跳進溪裡玩水。那天，溪水嘩啦嘩啦的流得很急；怪樹怕他們發生意外，催他們趕快上來，可是小男孩們都不聽。

有個叫東東的小男生，從岸邊跳水，一躍而下，不小心嗆到水，一邊咳一邊掙扎，眼看就要被溪水帶走。怪樹趕緊伸出他的「千手」，將東東從水裡救起來。

東東喘著氣，感激的說：

「謝謝您救了我一命。」

怪樹說：「生命太可貴了，危險的事不要做。你們都是父母的心肝寶貝，萬一發生意外了，他們會很傷心的！」

自從那次以後，小孩子們沒有大人陪伴，就不會跳進溪裡玩水了。可是，有一天下午，又從溪裡傳來小朋友喊「救命」的聲音。

怪樹往溪流一看：哎呀，不妙！是山上那些小朋友，放學後強行渡過湍急的溪流，結果被滾滾的溪水沖走了；如果不趕快想辦法，五條小生命眼看就要不保了！

「可恨我這條腿，動也不能動，怎麼去救？」怪樹心裡好著急。

「對！我可以這樣試試。」「不行！這樣我會失去生命。」「用一命換五條小生命，值得！」「不！沒有必要爲那些小朋友犧牲自己！」「小朋友那麼可愛，怎能見死不救？快！趕快採取行動呀！」

於是，怪樹違反了樹族的生存法則，放鬆了原本緊抓大地的腳；只聽見「轟！」

的一聲巨響，他倒向溪流裡，攔住了五個小孩。看著小孩子抱住他的身體，慢慢走到溪岸後，怪樹才疲倦的閉上他的眼睛。

天使把怪樹的靈魂帶進天堂；在那兒，他長出的葉子是七彩的。每天，怪樹從天堂往下看，看見自己以前的身體成爲一座橋，孩子們上下學都從他身上走過，再也不必涉水了。偶爾，孩子們也會坐在樹幹上，念故事給他聽，還把整排書包擺在他身上。怪樹知道，那是孩子們在想念他。

給小朋友的貼心話

這棵怪樹眞怪，不僅想讀書，喜愛聽故事，還犧牲自己的生命，救了五個小朋友。

怪樹雖然不在人間了，可是他永遠活在五個小朋友的心中。他的精神，值得我們尊敬和讚美啊！

竹節蟲再見

一個美麗的假日，小明和小香兩家人，快快樂樂的去山上露營。

白天，他們搭帳篷、煮火鍋，還去溪邊釣魚；晚上，他們一邊捉螢火蟲，一邊欣賞夜空中一閃一閃的星星。

快樂的時光過得特別快，一眨眼，兩天愉快的假期已經快結束了。大人忙著拆營帳，收拾東西準備回家。

這時候，在草地上玩的小明突然大聲叫著：「大家快來

看，我捉到一隻『樹枝蟲』了！」

大家都圍了過來。這隻竹節蟲長得可真像樹枝啊！全身綠綠的，看樣子剛長大沒多久呢！

小明想要帶牠回家，於是開口問：「爸爸、媽媽，我可以帶回去飼養嗎？我保證會好好照顧牠的。」

爸爸、媽媽猶豫了一下，還是很快就答應了。小明高興得像猴子一樣，又蹦又跳的。

小香跑去車裡，拿來一個飼養盒，對小明說：「這是竹節蟲的新房子，趕快讓牠住進去吧！」

回家的路上，小明一直緊緊抱著飼養盒，好像裡面放的

是魔法石，怕它會忽然消失不見了。

回到家裡，小明衝進自己的房間，小心翼翼的將飼養盒放在書桌上，然後打招呼說：「嗨！竹節蟲，歡迎住到我家來。」

竹節蟲動也不動，不理小明。小明心裡好著急，他想：「竹節蟲沒有吃晚飯，會不會肚子餓了？」

他便去問爸爸：「爸爸！您知道竹節蟲吃什麼食

物嗎？」

看爸爸不停的搖頭，小明差一點哭了出來。

「不要急，我上網查一下就知道了。」爸爸安慰他說。

不久，爸爸查出來了，告訴小明說：「竹節蟲最喜歡吃的食物，是番石榴的葉子。走！我們現在就去摘！」

爸爸騎機車載著小明，往王伯伯的果園奔馳而去。

王伯伯知道他們的來意後，笑瞇瞇的說：「儘管摘吧！歡迎你們以後常來玩。」

「謝謝王伯伯！」

小明和爸爸摘了滿滿一袋的番石榴葉子，帶回家給竹節

蟲吃。

第二天早上醒來，小明發現竹節蟲不見了，急得大叫：「爸爸、媽媽，我的寵物跑掉了！」

爸爸、媽媽跑來幫忙找，最後在葉子的背面找到了。

隔天，竹節蟲的失蹤事件，又再度上演。這次是因爲小明忘記把盒子蓋好，所以竹節蟲飛到桌下去了。

從此以後，原本粗心的小明，慢慢變得細心了。他會把葉子擦乾淨，再拿給竹節蟲吃；換好葉子後，他會注意盒子

有沒有蓋好。

小明喜愛竹節蟲，一天到晚守在牠的身邊。尤其到了晚上，是竹節蟲活動的時候，小明經常和牠玩到很晚，而忘了去睡覺。

有一天，媽媽對小明說：「竹節蟲被關在盒子裡，太可憐了！如果你真的愛牠，就把牠放生吧！讓牠回到媽媽的身邊。明天，我又約了小香他們去山上露營，今晚你好好考慮一下。」

想了一個晚上，小明終於想通了！隔天早上，他抱著飼養盒上車，決定把竹節蟲放生。

來到上次露營的地方，小明打開蓋子對竹節蟲說：「快走吧！回去你媽媽的身邊。」大家為小明的決定感到高興，為他鼓掌。

竹節蟲飛出盒子，可是又停了下來，好像捨不得走。小明揮手趕牠，竹節蟲才張開翅膀飛走。

「竹節蟲，再見！」小明輕聲說著，眼睛含著淚水，心裡既傷心、又快樂。

給小朋友的貼心話

如果你是小明，你捨得把飼養的寵物放生嗎？爲什麼？

來自大自然的寵物，讓牠重回大自然的懷抱，過著自由自在的生活，當然是件好事。可是，貓、狗之類的寵物，可不能不想養就隨便將牠們「放生」；因爲，這樣會使他們成爲可憐的流浪貓、流浪狗呵！

美麗的花船

今天天氣眞好，萬里無雲，螞蟻女王在蟻將蟻兵的護衛下，從地下宮殿走出來，到池塘邊的玫瑰園賞花。

一朵朵嬌豔的玫瑰花，迎風綻放，輕輕搖曳，好像在歡迎他們的到來。蟻兵在草地鋪上紅氈，上面擺滿女王愛吃的食物——女王今天要在這裡野餐呢！

吃完可口的點心後，螞蟻女王走到池塘邊，欣賞波光水色。她聞到了從池塘另一邊飄過來的香氣，不禁問道：「這

是茉莉花的香味吧？我想過去瞧瞧。」

蟻將蟻兵們聽了女王的話可著急了；池塘那麼大，他們又不會游泳，怎麼過去呀？

螞蟻女王看部下個個都是一張苦瓜臉，她知道這件事的確很困難；不過，

她不願輕易放棄。

這時候，從遠處的大河那邊，傳來鼕鼕的鼓聲；女王想到，今天是端午節，人們正在舉行划龍船比賽呢！鼓聲給了女王一個靈感，她興奮的對部下說：「我們來造一艘玫瑰花船吧！」

在螞蟻女王的監工下，一艘由玫瑰花瓣做成的花船終於下水了！船中的蟻兵們，手中都拿著一把小槳，配合著女王的口令，用力往前划。花船出航了，緩緩飄向湖心，再向池塘另一邊靠過去。

到了湖邊，他們興奮的下船，欣賞那兒美麗的茉莉花，

並陶醉在花的清香中。螞蟻女王格外高興，當眾宣布每月都要來賞茉莉花一次。直到午後，他們才划著花船返航。

歸途中，他們唱起了歌，歡樂的歌聲直沖雲霄，吸引了

一隻彩蝶，繞著花船不停飛舞，他驚訝的說：「這是哪家的花轎呀？怎麼掉到池塘裡了？」女王和部下聽了，不禁笑了起來。

給小朋友的貼心話

遇到困難的時候，你會採取怎樣的態度？是勇敢面對？還是逃避現實？

螞蟻女王想過河賞花，她知道這件事的確很困難；不過，她不願意輕易放棄，因而促使她想出「造花船」的好主意。

想一想，科學家發明新產品，常會遭遇到許多失敗；最後，他們是怎麼成功的呢？

媽媽的生日禮物

小松鼠心裡藏著一個祕密，一直沒有告訴別人：他要在媽媽生日那天，送媽媽一個驚喜的禮物。

可是，小松鼠不知道送什麼才好。起初，他想要送一張親手做的生日卡，在上面寫滿祝福的話；不過，去年已經送過了，根本不能算是驚喜的禮物。

後來，小松鼠想起一件事。記得有一天，媽媽準備了一盤水果給他吃，那些水果又香又甜，好吃極了！小松鼠也想

讓媽媽吃到香香甜甜的水果，所以他決定送水果當禮物。

媽媽的生日到了，小松鼠一大早就起床，向媽媽說了一聲後，帶著存起來的零用錢，便離開了家。

小松鼠心裡既興奮又緊張，因爲這是他第一次自己去買東西。

小松鼠來到鳳梨園，看到猴子伯伯忙著把堆得像小山高的鳳梨裝箱，準備運到市場去賣。

猴子伯伯笑著跟他打招呼：「我種的鳳梨很甜呵，你要不要吃吃看？」

小松鼠拿起一個鳳梨試吃。他想到以前吃蘋果的時候，

都是連皮一起吃，他以為吃鳳梨也一樣，就用力咬了鳳梨一口；沒想到，嘴巴被刺得好痛，他不禁大叫一聲。

猴子伯伯看了，拿來水果刀將鳳梨去皮，然後說：「你大概第一次吃鳳梨吧？吃鳳梨應該先去皮，再吃裡面的果肉。」

果然，去皮後的鳳梨，汁多又甜，還很解渴呢！

小松鼠買了鳳梨後，蹦蹦跳跳的往木瓜園走去。

木瓜園裡，一株株的木瓜樹上結滿了果實，有的綠、有的黃；有些蜜蜂在黃澄澄的木瓜四周飛來飛去。

找不到主人，小松鼠大聲喊：「我要買木瓜，請問主人在嗎？」

等了一會兒，只見水牛小姐從木瓜園裡慢慢的走出來，對小松鼠說：「我種的木瓜甜度第一，你吃吃看！」

小松鼠以爲吃木瓜跟吃鳳梨一樣，就向水牛小姐借水果刀，將木瓜皮去掉，然後一大口咬下去；結果吃到滿嘴木瓜

籽，味道澀澀的，連忙吐出來。

水牛小姐告訴他：「吃木瓜要把籽拿掉，只吃它的果肉才對。」

照著水牛小姐的話去做，小松鼠吃到了甜甜的木瓜。水牛小姐挑了一個黃澄澄的木瓜賣給他。

最後，小松鼠來到羊先生的攤位，買了香蕉。他以爲吃香蕉跟吃木瓜一樣，要先把皮去掉，再把籽拿掉；可是他找了很久，就是找不到籽。羊先生告訴他：「香蕉的籽已經退化成一個個小黑點，可以連果肉一起吃下去。」小松鼠這才學會如何吃香蕉。

水果買回家後，小松鼠在廚房裡忙去皮、切塊、裝盤，也因此體會到了媽媽準備水果的辛苦。好不容易完成了，小松鼠把切好的一盤水果，端到客廳的桌上。

媽媽運動回來了，小松鼠大聲說：「媽媽，祝您生日快樂！這是我送給您的生日禮物——水果拼盤！」

松鼠媽媽又驚又喜，高興得抱著小松鼠，一邊吃水果一邊說：「這是媽媽吃過的水果中最甜的，也是最好的生日禮物，媽媽好喜歡。我的好孩子，你真的長大了！」

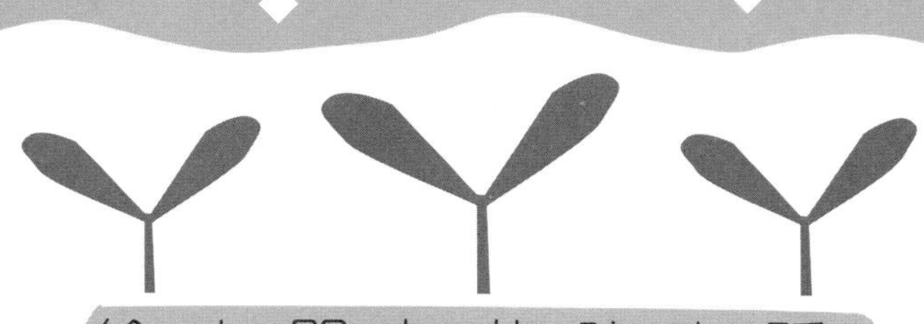

給小朋友的貼心話

你曾經送給媽媽什麼生日禮物呢？當然嘍，媽媽最喜歡收到孩子們親手做成的禮物。

像故事中的小松鼠，他送給媽媽的生日禮物是親手做成的水果拼盤。從準備的過程中，他學會了不同水果的吃法。是不是很棒呢？

下次媽媽過生日，你準備送給她什麼禮物呢？

裝假牙的老虎

月光下，一隻老虎在銀光閃閃的小河邊洗假牙。

吱吱鼠剛好看到這一幕，他以爲自己眼花了；揉了揉眼睛再看個仔細，恰好看見老虎把洗好的假牙裝回去。這下子，他肯定老虎那兩排引以爲傲的虎牙全不見了！

「他的虎牙不可能無緣無故的消失吧？可是，到底是什麼原因，讓他的牙齒全不見了呢？」吱吱鼠一直想著這件事。那天晚上，他根本睡不好覺。

隔夜，吱吱鼠又去了小河。月亮姑娘挪動著腳步，慢慢走上夜空，灑下無數的銀粉，小溪的水面立刻一片銀光閃耀。然而，一直不見老虎的影子。

「今天晚上，他不來洗假牙了嗎？」吱吱鼠這樣想。可是，爲了解開心中的謎，吱吱鼠決定再等待下去。

月亮姑娘走到夜空中央了；陣陣晚風吹來，微有涼意，吱吱鼠藏身蘆葦叢裡，豎直耳朵聽著周圍的動靜。

碰！碰！遠處傳來重重的腳步聲。來了！來了！吱吱鼠興奮的睜大眼睛朝腳步聲方向望去；啊！老虎果然邁著蹣跚的腳步出現了，月光將他的身影拖得長長的。

來到小河邊，老虎坐了下來，從嘴裡拿下兩排假牙，又拿出一支牙刷，蘸上牙粉後不停的刷著。他刷牙的動作很輕很輕，似乎怕發出太大的聲音。聽覺靈敏的吱吱鼠聽到，在一片刷牙聲中，還夾雜著一聲聲嘆息。哎喲，這是一隻沒了牙齒的傷心虎！

接著，吱吱鼠聽到一陣嚶嚶的啜泣聲；他幾乎不敢相信，號稱「山中之王」的老虎，竟然會哭得這麼傷心。啪

答、啪答……老虎的眼淚，一滴滴的掉進銀色的小河裡。

吱吱鼠鑽出蘆葦叢，朝老虎走去；他想，一隻沒了虎牙的老虎，沒什麼好怕的。「你需要這個嗎？」吱吱鼠掏出手帕。

「謝謝。」

老虎接過手帕，擦了擦眼淚。

「我很少看

到老虎哭耶！什麼事讓你這樣傷心呢？」吱吱鼠態度誠懇的問。

突然，老虎張開大嘴哇哇大哭起來，露出沒有半顆牙齒的嘴巴。

「誰那麼大膽，把你的虎牙拔光了？」吱吱鼠忍不住問道。

「我的牙牙不是被拔光，而是被蛀蟲吃掉的。唉！都是甜食惹的禍……」老虎眼裡起了一陣霧，述說起他的傷心往事。

那年，輪到老虎值年，他歡歡喜喜的來到人間，在山腰

碰到農場主人的小兒子——亮亮。可愛的亮亮年紀雖小，可是膽量很大，看到兇猛的老虎一點兒也不害怕。他不慌不忙的說：「我知道今年輪到老虎值年，你們是不會吃人的。我很喜歡老虎，可以跟你做個朋友嗎？」

就這樣，老虎和亮亮成了形影不離的好朋友，住進了亮亮的家。「今年要辛苦你了，爲了表示我們人類的感謝，我請你吃甜年糕。」亮亮的媽媽看見兒子帶老虎回來，十分高興，拿出來一大塊甜年糕請客；在盛

情難卻之下，老虎勉強把年糕吃完。沒想到，這樣做反而引來亮亮一家人的誤解，以為他是一隻愛吃甜食的老虎。

亮亮的媽媽餐餐準備甜年糕給他吃，亮亮的爸爸更熱情，怕客人餓肚子，天天做麻糬給客人加菜；亮亮呢？也常常請他吃甜點，包括麥芽糖、糖果、巧克力，甚至白糖、黑糖和紅糖。不知不覺，他已經成為一隻「專吃甜食的素食老虎」了。

沒想到，這是老虎一連串惡夢的開始；不知何時，一大批蛀蟲已悄悄進駐他的牙齒，並且天天拿著電鑽，在他的牙齒上鑽出大大小小的洞。「好痛！好痛！」老虎痛得受不

了，哭喪著臉向亮亮討救兵：「我的牙齒痛極了，只怕再也咬不動硬的東西了。」

「沒關係，媽媽會煮稀飯給你吃。」從此，老虎天天靠吃甜稀飯過日子。可是，牙痛的現象一直沒有好轉；沒多久，他的牙齒開始一顆顆的掉……。等牙齒掉光後，亮亮的爸爸帶他去找牙醫，花了大把鈔票，幫他裝了兩排人工假牙。

「假牙要天天清洗，而且咬不動太硬的東西，眞不方便。一年後我離開亮亮的家，重回森林，怕動物笑我裝假牙，只敢每天晚上三更半夜時來河邊洗假牙。現在，我只能靠吃水果過日子了。」講到這裡，老虎的臉上充滿了憂傷。

「用月光河的水清潔的假牙，戴上去一定很舒服吧？」老鼠說，他試圖轉移老虎的心境。

「我想是吧。」老虎這樣回答，接著愉快的述說這條河有多美。

從此，每天晚上吱吱鼠固定來河邊報到，一邊陪老虎洗假牙，一邊欣賞美麗的夜景。他們偶爾會說說話，但大部分的時間只是靜靜的坐著，欣賞著眼前裝滿月光的小河。因爲這條月光河，讓老鼠和老虎相識；也因爲這條月光河，他們成了一對好朋友。

給小朋友的貼心話

每個人都羨慕擁有一口潔白牙齒的人；可是，健康的牙齒不是憑空而來的，注重清潔，才能擁有健康的牙齒。

甜食對牙齒的傷害比較大，容易產生蛀牙。你喜歡吃甜食嗎？記得常漱口和刷牙呵！

熊爸爸的石頭臉

熊爸爸是個工作狂，白天有忙不完的工作，晚上也不休息，常常把公事帶回家繼續「加班」，一直忙到三更半夜才肯上床睡覺。沒有休閒，沒有娛樂，每天除了工作，還是工作。在熊爸爸

嚴肅的臉上，找不到一絲笑容。

每逢星期假日，小熊總夢想著爸爸會帶著一家人去野外踏青，或湖邊露營；可是，每次他都嘗到「夢碎」的苦滋味。

這一天又是週六，屋外陽光普照，是郊遊的好天氣。小熊鼓足勇氣，走進禁地——爸爸的書房。啊！發生什麼事了？爸爸趴在書桌上不停的哭泣呢！

小熊走了過去，學大人輕輕拍著爸爸的背說：「爸爸乖，不哭，不哭。」

熊爸爸轉過身來，淚眼汪汪的對小熊說：「怎麼辦？爸

爸的臉變成石頭臉了！」他講話的聲音跟平常不同，怪腔怪調的。

小熊伸出手摸了摸爸爸的臉，發覺一半是溫熱的，一半是冰冷的。「還好啦，只是半張石頭臉而已。」小熊安慰爸爸說。

「可是，這樣已經夠難受的了！現在，我只能用一隻眼睛看，用一個耳朵聽，用一個鼻孔呼吸，你知道有多難受嗎？還有，我的嘴巴一半不能動，無論講話、吃東西都不方便，我看只能吃流質食物了。這樣一來，爸爸一定會成爲一隻有史以來最瘦的可憐熊。」熊爸爸哭喪著臉說。

小熊發現他沒辦法讓爸爸不哭，趕緊跑去找媽媽來。熊媽媽看見熊爸爸的半張石頭臉時，差點兒暈倒，不停的說：「怎麼會這樣呢？怎麼會這樣呢？」

「我也不知道。昨天晚上，開了整晚的夜車，我累得趴在書桌上睡著了。當我醒來的時候，就發現半邊臉僵化成石頭了。」熊爸爸越說越傷心。

熊媽媽發現事態嚴重，立刻開車載著熊爸爸往醫院奔去。

長頸鹿醫生詳細問明病情後，說：「你得的是『嚴肅病』。你會得這種病，是因爲你工作一板一眼，太久沒笑，因

而導致僵硬的肌肉逐漸硬化，最後變成石頭臉了。」

「我的病有救嗎？」熊爸爸焦急的問。

「那就要看你肯不肯照我的話去做了。」長頸鹿醫生交給熊爸爸一個錦囊，吩咐他回家後才打開，並再三叮嚀：「這是你最後的一線希望呵！」

熊爸爸回到家後，火速打開錦囊，裡面有張字條，上面寫了幾個

字：「想辦法讓自己笑。笑是治療嚴肅病的最好藥方。」

「如果只要笑就可以，那太簡單了！」熊爸爸對著鏡子，想來一個微笑；可是他用盡各種方法，就是擠不出一絲笑容。他嘆氣說：「一定是我太久沒笑，忘記如何笑了。」

熊爸爸召開緊急家庭會議；熊媽媽和小熊在會中建議，要熊爸爸暫時放下工作，出去尋找能讓他發笑的方法。

帶著家人的祝福，熊爸爸出發了。首先，他去了「哄堂大笑劇場」。劇中的小丑倒豎蜻蜓、扮鬼臉，表演許多誇張的動作，觀眾都看得笑聲連連，熊爸爸卻覺得很無聊，一點意思也沒有。

接著，熊爸爸走進「開開心心劇場」。演員輪番上陣，講了一個又一個笑話，還演出爆笑短劇，人人笑得前俯後仰、喘不過氣來，熊爸爸卻覺得好無趣，不明白其他人爲什麼會笑成那樣。

他繼續往前走，走過一座又一座的城市。城裡的人爲了生活而奔波，來匆匆、去匆匆，充滿緊張的氣氛。受到影響的熊爸爸，臉上石化的現象又嚴重了些。

「我不能待在城市，我必須立刻離開！」熊爸爸逃開了，來到了鄉村。農夫的步調悠閒，唱出的歌聲渾厚動聽。熊爸爸走進一所幼稚園，一群小孩跑過來圍著他問東問西。熊爸

爸講綠森林裡的有趣故事給他們聽，小孩們聽得入迷。

「我們來玩躲貓貓。」一個小女孩說。小孩玩遊戲，熊爸爸欣然加入他們的行列。

「我們來唱歌。」一個小男孩說。熊爸爸雖然無法完全張開嘴巴，還是伊伊呀呀跟著唱。

小孩銀鈴似的笑聲溶化了熊爸爸內心的冰河，他聽到心底嘩啦嘩啦的流水聲，也感覺到繃緊的神經鬆弛了。就在小孩快樂的遊戲中，熊爸爸第一次開懷大笑：「哈哈哈……笑的力量眞大呀！」熊爸爸盡情的笑，笑了一個下午，石頭臉就不見了。

熊爸爸笑著跟小孩們道別，這是他有生以來最燦爛的笑容。他踩著輕快的腳步，一路哼著歌回家，準備給熊媽媽和小熊來個驚喜……

給小朋友的貼心話

嚴肅是一種病，會讓人忘掉如何笑，變成不受歡迎的人。

笑是人間最美的花朵，每天大笑三次，既快樂又健康。常常面帶微笑的人，讓人感到親切，人緣特別好呢！希望每個小朋友，都是可愛的微笑小天使。

喜歡替人生病的樹

「咳咳咳！」一隻野鴨子得了重感冒，不停的咳嗽，歪歪斜斜的在空中飛行，他想找個地方休息。

「樹公公，您能讓我休息一下嗎？」野鴨子飛到老樹面前說。

「歡迎，歡迎。」老樹公公把枝幹伸了過去：「孩子，你病了，快到我溫暖的臂彎裡休息吧！」

老樹公公抱著野鴿子，哄他入睡；可是，野鴿子的病情

十分嚴重，咳個不停，根本無法入睡。

「現在，只好這麼辦了。」老樹公公對野鴿子說：「你跟我一起念咒語，把你的病轉移給我。」

「那怎麼可以？您年紀這麼大，我不要。」野鴿子不答應。

「我年紀雖然大，身體可硬朗得很，只要半小時，病就能痊癒了。不用替我擔心，來吧！」

野鴿子實在咳得受不了，只得跟著老樹公公念：「滴阿滴，滴阿答，嘿喲嘿喲，我把病送給樹公公。」

說也奇怪，野鴿子剛念完咒語，就聽到一陣嗡嗡的聲音。不得了，一群細菌從他的嘴裡跑出來，紛紛鑽進老樹公公的樹幹裡。

頓時，老樹公公的喉嚨癢了起來，「咳咳！咳咳咳！」咳得掉下許多葉子。

野鴿子覺得好抱歉，心裡十分難過。幸好，老樹公公咳了半小時後，病情果然轉好，不咳了。

這件事情傳開後，老樹公公可忙了。他代替不少動物生

病，包括「青蛙的氣脹病」、「羊妹妹的打嗝病」、「飛鷹的紅眼病」和「地下鼠的皮膚病」。

氣脹病、打嗝病、紅眼病雖然難過，但最多一小時就克服過去了；最難纏的是皮膚病，老樹公公癢得枝幹亂抖，葉子紛紛掉落，身上還長出大大小小的瘤。一直到現在，這些瘤還像禮物似的留在他身上呢！

你也許會懷疑，經過這幾場病下來，老樹公公的身體一定糟透了。如果你這麼想，那可大錯特錯嘍！

你看！羊妹妹每天為老樹公公帶來美食，地下鼠為他鬆

土；鴿子、青蛙、飛鷹為他開派對，又是唱歌，又是脫口秀。老樹公公不僅身體強壯，而且過得一點也不寂寞，簡直快樂似神仙。

難怪老樹公公常常這樣開玩笑的說：「別人怕生病，我可不怕。眞的喲！我喜歡生病——不，是代替別人生病啦！」

給小朋友的貼心話

生病是很痛苦的事，老樹公公竟然喜歡替人生病，他的好心腸和慈悲心，真值得我們欽佩。

我們人類也一樣，到處受歡迎的人，通常有個共通之處，那就是：肯犧牲自己，熱心幫助別人。

人魚公主和燈塔爺爺

在很遠很遠的海洋世界裡，有一個大海，因為海水閃爍著寶藍色的光芒，所以魚兒們都稱它為「碧海」。

碧海的深處有座水晶宮，宮殿的屋頂鑲滿珍珠、瑪瑙和翡翠，牆壁都是用水晶砌成的。宮內的夜明珠發出耀眼的光芒，將整座水晶宮照得光亮無比。

宮裡住了一位美麗的人魚公主，她平時很少游出宮外，只有在清晨和黃昏才能看見她。

每天清晨，當朝陽在藍色的海面上灑下萬點金光時，碧海的魚兒們都在靜靜的等待，等待人魚公主的出現。

水晶宮的宮門打開後，先由蝦兵開路；接著，人魚公主在蟹將的護衛下，輕輕擺動紅尾巴，出現在大家面前。她金色的頭髮隨著海水飄動，像極了閃亮的陽光。

這時候，海螺吹起號角，一場激烈的追逐賽展開了。蝦兵蟹將們個個爭先恐後，紛紛往海面游去；可是，每次都是人魚公主最先游出海面。她的游泳速度太快了，就像一支射出去的箭。

黃昏，魚兒們又會靜靜的等待，等待再看一場人魚公主

的精采演出。

這個慣例，一直到人魚公主結交了鯨魚和海豚後，才被打破。人魚公主很喜歡這兩個泳技高超的新朋友，一天到晚跟他們在海上追逐玩耍，日子過得快快樂樂。

有一天，他們又玩起追逐賽，這次誰也不服輸，拚命往前游。游啊游，不知不覺的游出了碧海；直到游累想休息的時候，他們才發覺迷路了，而且離水晶宮已經好遠好遠。

一輪夕陽緩緩沉入海中，黑暗像一塊巨大的黑布，迅速蓋住整個海面。他們在漆黑冰涼的海水中，冷得一直發抖。

人魚公主靈機一動，藉著從鯨魚背部噴出的強力水柱，托高自己的身體，再觀察四周。「我看見前方有個跳躍的燈火，我們游過去瞧瞧！」他們隨即朝燈火處全力游去。

游近一看，才知道那是燈塔爺爺發出的光。人魚公主游到燈塔下，好奇的問：「會發光的爺爺，您一動也不動的，難道不難受嗎？」

燈塔爺爺和藹的說：「我一直站在這裡，為往來的船隻指引方向，這是我的光榮呀！」

人魚公主決定留下來，陪伴孤單的燈塔爺爺，順便聽他講有關港灣的故事；鯨魚和海豚也陪著公主，在附近海域住了下來。

從此，人魚公主白天躲在海裡，晚上就上岸和燈塔爺爺見面。她唱歌給燈塔爺爺聽，陪他談話到天亮。

一個風大浪高的晚上，人魚公主發現燈塔爺爺的燈不亮了，又聽到不遠處傳來輪船的汽笛聲。大輪船來了，海上黑漆漆的，萬一觸礁就糟糕了！

危急時刻，人魚公主趕緊叫來鯨魚和海豚，他們以最快速度游向燈塔，然後大聲喊叫；可是，燈塔爺爺睡得太熟

了，一直叫不醒。「看我的！」鯨魚說完後，噴出一道強力的水柱，立刻把燈塔爺爺叫醒了。

燈塔爺爺的燈又亮了，射出強光照亮海面，讓大輪船安全通過。大輪船愉快的拉響嘹亮的汽笛，表示謝意。

原來，燈塔爺爺長年累月的站在風雨中，爲來來往往的船隻指引方向，工作太累，就不知不覺睡著了。他感激的說：「鯨魚，謝謝你叫醒我。」

鯨魚說：「別客氣，您該謝謝人魚公主的幫忙，是她通

知我們的。」

人魚公主連忙說：「我才要謝謝燈塔爺爺呢！他講了很多故事給我聽，帶給我許多溫暖、快樂的夜晚。」

燈塔爺爺聽了哈哈大笑，很高興交到了三個善良的朋友。遠遠的，又傳來輪船的汽笛聲，燈塔爺爺努力射出強光，為輪船指引方向。人魚公主、鯨魚和海豚看了，不約而同的讚美說：「燈塔爺爺，您發出的光好亮好亮啊！」

給小朋友的貼心話

燈塔爺爺一直守在海邊，默默的工作，爲往來的船隻指引正確的方向。他熱心服務的精神，眞令人欽佩。

在我們的社會上，有不少善心人士，像燈塔爺爺一樣，發出生命的光和熱，讓人間充滿溫暖。有愛的地方，就有光，就有歡笑。

快樂專賣店

一百年前，歐洲的某個國家有個「快樂小鎮」；這個小鎮雖然名叫「快樂」，卻到處一片死氣沉沉。

鎮上的居民不喜歡和人來往，就是路上碰面也不打招呼，總是匆匆擦身而過。

每個人回到家裡，都各做各的事，誰也不理誰。吃晚飯時，全家人面無表情的低頭吃飯，好像陌生人一樣。

有一天，鎮上來了一個喜歡穿花衣服的花婆婆，在馬路邊開了一間奇怪的店：快樂專賣店。每天，花婆婆滿臉笑容的站在門口大聲叫賣：「快樂！賣快樂！誰要買快樂？」

可是，大家依然很冷漠，沒有人願意走進

去看看。

有個名叫強生的好奇小男孩，他心裡想：「快樂到底長什麼樣子呢？」有一天，他終於忍不住走進快樂專賣店。裡面根本看不到「快樂」，但是，他卻找到一直渴望擁有的熊寶寶，兩眼一直盯著它看。

花婆婆說話了：「喜歡這個小熊嗎？賣給你吧！」

「可是，我身上沒

有錢……」花婆婆把熊寶寶塞給強生，說：「沒有錢不要緊，只要給我一個微笑就行了。」

強生抱著熊寶寶，蹦蹦跳跳的跑回家。

媽媽看見強生那麼開心，不禁好奇的問：「你爲什麼那麼快樂？你手上的熊寶寶是哪裡來的？」

強生回答：「我剛剛去了花婆婆的專賣店，只用一個微笑就得到這個熊寶寶耶！不信，您和我走一趟快樂專賣店就知道了。」強生拉著媽媽往門外走。

來到店裡，媽媽看見她一直想要的一樣東西，禁不住輕呼：「啊！好美麗的音樂盒！」她輕輕打開它，便流瀉出一

陣優美的音樂旋律；裡面還有個穿著美麗芭蕾舞衣和舞鞋的小女孩，不停的旋轉、跳舞。媽媽綻開喜悅的笑容，問道：「這個音樂盒賣多少錢？」

花婆婆笑著說：「妳已經付過了！妳的笑容那麼燦爛，這個音樂

盒就是妳的了！」

媽媽把這件事到處宣揚，不久後，快樂專賣店裡便擠滿人潮，大家都來找快樂。每個人都高高興興的趕來，然後開開心心的離開。

其實，這些讓大家快樂的東西，並不是什麼珍貴的物品，都是鎮民們丟棄的東西；經過花婆婆清潔、整理後，就變得像新的一樣好。

當天晚上，媽媽在客廳開心的打開音樂盒欣賞音樂時，強生突然跑過來說：「媽！您看！熊寶寶腳底繡著左邊鄰居泰瑞莎姊姊的名字，原來這是她小時候的玩具。」

窗外，出來散步的右邊鄰居太太聽到熟悉的音樂，才發現自己丟棄的音樂盒竟然能讓別人這麼快樂，心裡高興極了。

從此，鎮上的人開始互相聊天、互相關心。他們談得最多的，就是花婆婆和她的快樂專賣店，並且紛紛向她學習，把快樂帶給別人。

快樂是會傳染的，從花婆婆的快樂專賣店迅速向周圍擴散。現在，快樂鎮不再死氣沉沉，真的變成一個快樂的城鎮，到處充滿了歡笑聲。

給小朋友的貼心話

每個人都喜歡快樂，不喜歡痛苦；可是，誰才是快樂的播種者呢？

事實上，人人都能讓人快樂、令人歡喜。把快樂帶給別人，不僅別人喜歡，自己更是最大的受益者。因爲，當快樂的花朵在心中綻放，無論做事或學習，效果都特別好呢！

小草仔

一輛列車在隱形車站停靠。

列車長風伯伯走下車，以宏亮的嗓音說：「歡迎大家搭乘微風列車。」列車長的話引來一陣騷動，小乘客們紛紛登上列車。年紀最小的小草仔第一次離家，他的心中充滿期待。

列車啟動了，不時有人上車、下車。小草仔滿腦子想的是：「我將往哪裡去？那裡的風景美不美？」

當列車長走過來時，他鼓起勇氣問道：「風伯伯，我將在哪裡生根呢？」

風伯伯笑著說：「這是個祕密。放心，你會順利生根發芽的。」

帶著風伯伯的祝福，小草仔在一個不知名的地方下車。糟糕，這個地方雖然不遠處有個魚池，可是土地十分乾燥，看不見任何花草樹木。

三天了，小草仔被太陽晒得頭昏眼花。

「沒關係，大雨不來，我自己想辦法。」小草仔拿起手機，打到天上去。

「白雲阿姨，我口好渴，能不能幫我送水來？」

白雲阿姨告訴他，地球上到處缺水，她忙得無法抽身，要他自己想辦法。

小草仔必須喝點水，否則將慢慢乾癟死去。「水！給我水！」他大聲祈禱著，希望老天爺幫忙，趕快下場

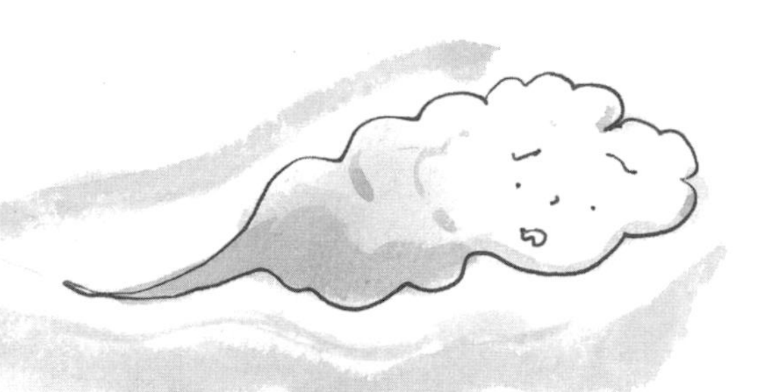

雨。

這時，從魚池那邊傳來魚兒躍出水面的聲音。原來，大鯉魚聽到禱告聲，躍出水面探個究竟。

大鯉魚看見乾燥地面上閃耀出一丁點微光，盈動著生命力，便知道是怎麼一回事了。乾旱太久了，這裡早已寸草不生；這次，他決定盡自己的一份力量。

第二天，當晨曦穿透黑暗，爲大地帶來光明時，一株剛生根的小草，張開兩片嫩綠的新葉迎接朝陽。

小草仔生根發芽了，他向魚池裡的貴人投以感謝的一瞥；昨夜，要不是大鯉魚奮力擺動尾鰭潑水過來，他是無法

生根發芽的。

興奮之餘，他並沒有忘記自己的責任：今後，他會努力吸收陽光和雨露，繁衍子孫，爲這塊寸草不生的土地，鋪上一塊美麗的綠色地毯。

給小朋友的貼心話

在艱難的生存環境下，小草仔沒有放棄生根發芽的希望，努力和環境搏鬥。最後，靠著大鯉魚的幫忙，他終於達成心願，讓這塊光禿禿的土地，鋪上綠色地毯。

小朋友，遇到困難時，不要輕易放棄呵！學學小草仔，努力克服困難；如此一來，困難反而成了幫助你成長的階梯。

月球來的訪客

「今晚的月亮好奇怪呵！」中秋節晚上，小泰山站在小木屋窗口喃喃自語：「爲什麼月亮瀉下的，不是銀色的光輝，而是黃澄澄的光芒呢？」

定。

這時，小泰山發現不遠處叢林裡，有一團銀光閃爍不

「好奇怪的光，它到底是從什麼東西發出來的？」

小泰山按捺不住好奇心的驅使，迅速朝那團忽隱忽現的銀光追去。

一眨眼，銀光消失不見了。小泰山不死心，撥開草叢不停的找。

哇！找到了。不是鏡子或玉石發出的光芒，而是從一隻小白兔身上發出來的。小白兔慌慌張張的，似乎在尋找什麼東西。

「嗨，你好！」小泰山向小白兔打招呼。「我從來沒有看過你。請問，你從哪裡來？」

小白兔比了比天上的月亮。

小泰山跳了起來，叫道：「原來你是住在月亮裡的玉兔，難怪身體會發光！」

「你很聰明嘛！」小玉兔笑著說，身上的銀光更加明亮了。

「我有個問題想請教你。」小泰山把握機會問道：「今晚的月亮怪怪的，她怎麼了？」

玉兔說：「是嫦娥姑娘生病了。她害了思鄉病，全身發

高燒；我搗藥給她吃，可是高燒還是不退。必須喝地球的青草茶，才能治好她的思鄉病。」

「原來如此。我知道青草藥在哪裡，請跟我來。」

小泰山帶玉兔走過叢林小徑，來到山頂的藍湖。

月光下的藍湖，湖面上泛著粼粼的藍光，美極了。他們在湖畔找到青草藥。

難得有月球上的客人來，小泰山帶玉兔回家，熱情招待

這位稀客。又是咖啡又是糖果，最後還拿出電動玩具；可是，玉兔只對紅蘿蔔有興趣——原來他餓了。

「謝謝你。」臨走前玉兔說：「我會再來找你的，再見！」

玉兔的耳朵不停的轉圈圈；忽然，他凌空飛起，像流星劃過夜空，倒飛著向月球疾馳而去。

不久後，月亮瀉下銀色的光輝。小泰山看見月亮裡似乎有個玉兔的影子，一直朝他不停的揮手……

給小朋友的貼心話

故事中的小泰山，熱忱接待月球來的訪客，並且幫助他完成任務，讓玉兔十分感激。

家中來了客人，我們也要像小泰山一樣，熱情招待客人，讓客人有賓至如歸的感覺呵！

小熊的尾巴

每天聞你身上的臭味，真是受夠了。

我走了，請不用找我。

尾巴啪嗒

早上醒來，小熊覺得屁股涼颼颼的，手便往屁股一摸——

——啊！尾巴不見了！他大吃一驚，嚇得從床上滾下來，站在

鏡子前瞧了又瞧。唉！這是一件千眞萬確的事——他變成一隻沒有尾巴的熊了。

尾巴怎麼會不見呢？沒了尾巴，多難看呀！怎麼能去上學呢！小熊的一顆心亂糟糟的，急得都快哭出來了。就在這時，他在書桌上發現了這張字條。原來，它的尾巴鬧「離家出走」呢！

——難怪最近屁股上方常常覺得癢癢的、怪怪的。啪嗒想離開，也應該當面跟我這個主人說一聲呀！

小熊很傷心，神情黯然的走出房間。一時不習慣沒有尾巴的他，走起路來歪歪斜斜、搖搖晃晃的。

「什麼？你的尾巴不見了！」熊媽媽知道這件事後，尖聲大叫著。熊爸爸比較冷靜，他安慰兒子說：「這種怪事讓你碰著了，算你幸運。尾巴走路很慢，我們去追追看，也許能追得回來。」

事不宜遲，熊爸爸立即打電話報警，找來大毛狗警官幫忙。他們沿著尾巴啪嗒留下來的氣味，開著警車一路追蹤下去。

大毛狗警官的鼻子很靈，很快就偵查到啪嗒曾經來過孔雀小姐的家。下車後，他敲了敲門，門一打開就問道：「請問，尾巴啪嗒昨天晚上來過妳這裡嗎？」

PLICE

孔雀小姐搖了搖頭，說她不認識啪嗒。大毛狗警官覺得奇怪時，她的尾巴突然開屏了，並開口說：「警官，昨晚啪嗒來找過我，當時我的主人正在睡覺。他說他獲得自由了，勸我也離家出走，跟他作伴去環遊世界。我對他說，離開了主人，我就無法有力的開屏，也將失去我的美麗，因此我拒絕了他，他便失望的走了。」

離開孔雀小姐的家之後，大毛狗警官憂心的說：「看來，啪嗒正到處慫恿尾巴們離家出走，我必須馬上將他逮捕歸案才行。」說完，他用無線電話下了一道命令，要所有的迅雷狗隊隊員全體出動，緝捕有啪嗒氣味的尾巴。隨後，他

啓動「傳味機」把啪嗒的氣味傳送給每個隊員。

不久後，回報一個個來了。從這些回報中顯示出，啪嗒曾去找過火雞、鸚鵡、松鼠、鱷魚的尾巴；熊爸爸的看法顯然有誤，啪嗒走路並不慢。不過，有一個好現象是，他的慫恿似乎沒有成功過，這些動物的尾巴依然留在主人身上，並沒有「蹺家」。

「雖然這樣，還是不能掉以輕心，萬一他去找小動物們，難保那些年幼的小尾巴們不會被他說動，而做出糊塗事。」大毛狗警官剛說完，就接到部下打來的無線電話，說在藍湖發現啪嗒的蹤跡；他正在那裡對湖中魚兒們的尾巴發表演

說，鼓勵他們離「家」出走，引起魚兒們的不滿，現場一片混亂。

趕抵藍湖時，大家都嚇了一跳，看到難得一見的怪現象：平時明亮似鏡的藍湖，此時卻是水花四濺，湖水翻滾不休。怎麼會這樣呢？原來，魚尾巴想聽啪嗒演說，用盡全力躍出水面；而魚本身卻不願意讓尾巴聽，便使力把尾部往下拽。雙方互相激烈拉扯，忽上忽下，因而激起一波波水花；乍看之下，整個湖就像一壺煮開來的水似的翻滾不已……

「汪——汪！」大毛狗警官大叫一聲，湖面立刻恢復寧靜。他一把抓起垂頭喪氣的啪嗒——啪嗒經過一夜的奔走，

精力已快用盡，神態十分疲憊。大毛狗將啪嗒高高舉起，對魚兒們的尾巴說：「你們都看見了，離開了主人，失去精力的來源，你們將和啪嗒一樣，如枯木般毫無生氣。」魚兒的尾巴們聽了，就安靜下來、不敢再吵鬧了。

被押上警車的時候，狼狽的啪嗒羞愧得說不出話來。他知道自己錯了，由於自己一時的魯莽，差點兒害了尾巴們跟他一樣，走上歧途；還好，他們沒有聽他的話……

小熊向大毛狗警官求情，饒了啪嗒，讓啪嗒回到他的身邊。可是，大毛狗警官說：「那怎麼可以？啪嗒必須先去醫院檢查，打個精力針之類的，恢復元氣，然後還得去監獄服

刑；等他悔改了，我們自然會放他出來。至於他肯不肯回到你的身邊，那就要看他的意願了。」

「什麼？」小熊快哭出來了，他可不願意永遠作一隻沒有尾巴的熊呀！

回家後，小熊拿出啪嗒寫的便條，看了一遍又一遍，心中有了決定。從那天開始，他不再討厭洗澡了；相反的，他天天洗泡泡澡，把自己的身體洗得香香的，等待著某一天的來臨……

那天，郵差送來一封信，這封信是從監獄寄來的，信上這樣寫著：

主人：

沒有您的日子，我是如此的虛弱。服刑已快期滿，我不知何去何從。聽說您天天洗泡泡澡，這真是一個好消息。您肯接受一個犯錯僕人的懺悔，並讓他重返您的身邊嗎？

您的尾巴　啪嗒敬上

給小朋友的貼心話

少數小朋友不喜歡洗澡，身體發出異味，讓別的小朋友不喜歡靠近他，或跟他坐在一起。

身體清潔的工作，十分重要。每個小朋友都應該養成天天洗澡的習慣；洗完澡後，全身舒暢，精神也會特別好呢！

幸福的好滋味

小鷹的個性非常孤僻，在動物學校裡，他總是獨來獨往，成為同學們眼中的「獨行俠」。

班長小熊好幾次邀請小鷹到他家玩，可是都當面遭到小鷹拒絕。被潑了冷水的小熊並不氣餒，他一直想找機會打開小鷹緊閉的心扉。

為了多瞭解一些小鷹的家庭背景資料，小熊找了一個午休時間，去辦公室找羊老師。

「謝謝你對小鷹的關心。」羊老師推了推金絲邊眼鏡說：「他是個孤兒，從小在孤兒院長大。也許是缺少愛吧，他一直活得不快樂。」

瞭解小鷹的身世後，更堅定了小熊幫助小鷹走出孤僻的決心。想了好久好久，終於讓小熊想到一個好主意。放學回家後，他立刻打電話給同學和他們的爸爸、媽媽，一起進行他想出來的「幸福A計畫」。

第二天下課的時候，同學們都快樂的在樹下玩遊戲，小鷹卻飛到樹上看雲朵的變化。「小鷹，下來跟我們一起玩嘛！」小熊朝樹上大叫。

「那些遊戲已經玩過一百遍了，有什麼好玩的，真無聊！」小鷹不屑的說，繼續看著天空的雲彩。

咦！遊戲聲怎麼停止了？小鷹朝樹下一看，原來他們不玩遊戲了，傳來一陣陣談話聲。小鷹偷偷的聽他們在談些什麼。

「昨天是我的

生日，媽咪幫我做了一個紅蘿蔔蛋糕，好好吃呵！那時候，我覺得好幸福呵！你們嘗過這種幸福的好滋味嗎？」那是小白兔的聲音。

「我有！」接著說話的是小熊：「昨天晚餐，媽咪做了蜂蜜鬆餅給我吃；又甜又軟的鬆餅，充滿了幸福的味道，好吃極了。媽咪說，今天晚餐還要做給我吃呢！」

「我也有！」小牛哞哞叫

著說：「上個星期，我爸爸發現了一片草原，帶我和媽媽去大吃一頓。那兒的草又嫩又綠，吃起來特別香；媽媽要我多吃一點，才能長得壯。那時候，我也有幸福的感覺！」

幸福？它到底是什麼滋味啊？小鷹從來就沒有嘗過這種東西，他的心裡酸酸的，也好想嘗一嘗「幸福」的滋味！

第二天，小鷹並沒有去上學，反而飛到兔大媽家。剛好兔大媽正在做紅蘿蔔蛋糕，等兔大媽做好以後，小鷹衝了過去，搶走紅蘿蔔蛋糕，完全不理會兔大媽的招呼。可是，只吃了一口，他就把蛋糕扔了。「怎麼這麼難吃啊！」

不死心的小鷹，又往小熊家飛去，看見熊媽媽正忙著從

烤箱裡拿出熱熱的鬆餅。熊媽媽看到他，笑著跟他打招呼；可是小鷹一句話也不說，叼了一片鬆餅就飛走了。飛到樹上，小鷹只嘗了一口，又把鬆餅扔了，「難吃死了，怎麼吞得下去嘛！」

小鷹還是不死心，又往小牛說的那片草原飛去。只見牛爸爸、牛媽媽正大口大口的吃著草；「小鷹，這個星期天來我們家玩，好嗎？」牛媽媽說。

小鷹理也不理，張開嘴吃了一些草。「哇！眞難吃！」小鷹把嘴裡的草吐了出來。

由於沒有嘗到幸福的好滋味，小鷹的心情十分沮喪。

「看來，我永遠也嘗不到幸福的滋味了。」小鷹十分傷心，淚珠在眼眶裡打轉。

從此，小鷹孤僻的毛病更嚴重了，連看到老師和同學也不打招呼，更不要說和誰說話了。看來，小熊的「幸福A計畫」是徹徹底底失敗了。他檢討原因，才赫然發現：原來，每種動物愛吃的東西是不一樣的。

雖然如此，小熊並不灰心。「沒關係，我還有『幸福B計畫』。」小熊和同學又偷偷進行著，準備幫小鷹舉辦一個慶生會。

這天，小鷹一進教室，就發現教室裡好熱鬧呵！他看見

熊爸爸、熊媽媽帶來他最愛吃的肉餅；兔大媽也特別送來一件她親手織的毛線衣，祝他生日快樂；牛爸爸、牛媽媽則送他一件飛行披肩，祝他天天開心。同學們都很熱情，一起為他唱生日快樂歌，也一一送他小禮物。

小鷹太感動了，他終於嘗到幸福的好滋味，這真是天下最棒最棒的滋味啊！一種熱熱的感覺，迅速在他的心裡擴散；「ㄅㄛ——」的一聲，他內心的冰河被這股熱流溶化了，嘩啦嘩啦流動了起來；它，就是愛的暖流呀！

從那天起，小鷹就不再是「獨行俠」了，他和同學們快快樂樂的玩在一起，並自願當他們的「眼睛」——飛到很高很高的天空，再把看見的遠處景物告訴同學們。

給小朋友的貼心話

如果孤僻是一條冰河，只有愛能溶化它，讓冰凍的心再嘩啦嘩啦流動起來。

對於孤僻的朋友，我們要多接近他，用愛跟他交流，打開他緊閉的心扉。如果你發現自己是個孤僻的人，更要試著敞開心胸，多和朋友交往，才不會成為孤單的人；一旦遇到困難的事情時，不至於沒有朋友可以分憂解勞。

想飛的阿綠

絲瓜棚上，住了兩隻毛毛蟲，一隻叫阿毛，一隻叫阿綠，他們是一對好朋友。

這一天，天空又藍又亮。

「好晴朗的天氣呀！眞是美麗的一天。」阿毛咬了一口嫩綠的葉子說。

「這種天氣最適合飛行了！如果我有一對翅膀，可以飛來飛去，不知有多好！」阿綠望著天空說。

「阿綠，你又想飛了？」

「嗯。」阿綠點了點頭，「希望有一天，我們都能飛，這

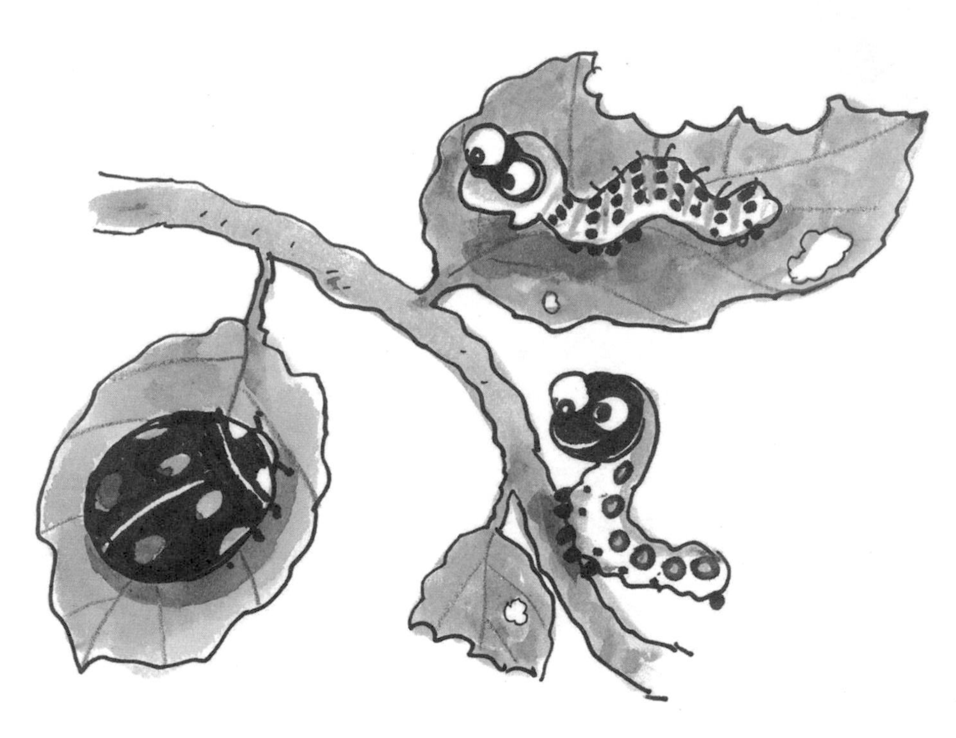

樣子，我們就可以到處去旅行了。」

他們的談話，恰好被停在絲瓜棚上的小瓢蟲聽到。

「哈哈哈，眞好笑。兩隻只會爬的小傢伙，竟然夢想會飛！」小瓢蟲笑得又大聲又誇張，差一點從葉子上摔下去。

「我們眞的好想飛呵！小瓢蟲，請你告訴我們飛行的方法，好嗎？」阿綠誠心的請教。

「想飛？哪有那麼容易，你們得先有一對翅膀才行。」小瓢蟲不耐煩的說：「我要去別的地方看風景了，再見！兩個夢想會飛的醜八怪，你們慢慢的爬吧！」

說完，小瓢蟲便拍動翅膀飛走了。

阿綠傷心的說：「我們就是不會飛，才會被小瓢蟲笑。」

阿毛安慰他：「別難過了。說不定，有一天我們會長出比小瓢蟲還大的翅膀呢！」

這時候，飛來了一隻蝴蝶。牠的翅膀眞美麗呀！翅膀的

顏色有玫瑰的鮮紅、天空的碧藍、青草的嫩綠，還有迷人的鵝黃。

阿綠看呆了，等蝴蝶停在絲瓜的花朵上時，他開口說：「蝴蝶阿姨！你的翅膀好漂亮呵！能不能……借給我們飛一下？」

「在你們這個年紀的時候，我也常夢想擁有一對會飛的翅膀。不用急，時間一到，你們就會有的。」蝴蝶講完話，向他們說再見後就飛走了。

阿毛和阿綠聽了好高興。可是，等了一星期，背上還是沒長出翅膀。

阿綠等不及了，他對阿毛說：「也許蝴蝶阿姨是拿話安慰我們的。這樣吧，我們乾脆自己來造一對翅膀！」

說做就做，他們各自用絲瓜葉咬出兩片翅膀，再用細藤捆住，然後綁在背上。等他們忙完的時候，已經是黃昏了；這時候，晚風一陣陣吹來。

「起風了，我們飛行的時刻也來臨了！」阿綠興奮的說：「我數到三，我們一起跳。一、二、三，跳！」

他們往絲瓜棚下跳去，風輕捧著他們身上的翅膀，讓他們滑行起來。雖然只是短短幾秒鐘的飛行，但已夠他們回味好幾天了。

不久之後，他們的身體開始發生劇烈的變化，逐漸變成了蛹；破繭而出時，就變成了一隻美麗的蝴蝶。他們高興極了，拍動著背上美麗的翅膀，在空中飛來飛去。

「哇！我們能飛行了！」阿綠大叫。

「飛行的滋味，眞是太美妙了！」阿毛喊著。

「蝴蝶阿姨沒有騙我們，」阿毛興奮的說：「時間一到，

我們眞的就能飛翔了。長大的感覺，眞好！」

他們拍動著小翅膀，到處飛舞玩耍，整個綠野都是他們的遊戲場所。飛累了，就停在綠葉上休息；肚子餓了，就吃花朵裡可口的花蜜。

有一天，他們正玩得興高采烈的時候，小瓢蟲飛過來了。

「兩位美麗的小天使，我可以和你們玩嗎？」

「當然可以，我們以前曾經見過啊！」阿綠說。

「不會吧？我是第一次遇到你們耶！」小瓢蟲想了很久，還是想不起來。

「我們眞的曾經見過面；只是……當時我們不是蝴蝶，而是毛毛蟲。」阿毛笑了笑說。

「什麼！你們……你們就是那兩隻夢想會飛的毛毛蟲？」

小瓢蟲覺得太不可思議了；「對不起，我以前嘲笑過你們。」

「過去的事，不用再提了。我們正打算到處去旅行，你想加入我們的行列嗎？」阿綠誠心的提出邀請。

「當然願意！謝謝你們肯原諒我。」小瓢蟲心裡好高興。

於是，一個由三個飛行家組成的旅行團出發了；他們要飛向更遠的地方，看更多美麗的風景，交更多的好朋友。

給小朋友的貼心話

阿毛和阿綠兩隻毛毛蟲，天天夢想會飛。小朋友，你的夢想是什麼？將來想當發明家？政治家？還是作家？音樂家？

「我年紀這麼小，能做什麼呢？那只是空想罷了！」

小朋友千萬不要這樣想。人因夢想而偉大，每天朝夢想邁進一小步，說不定長大後，你會像阿毛和阿綠一樣，實現心中的夢想呵！

夢仙子

在遙遠的美麗星上，住了一位夢仙子，她的生活比誰都忙碌，可是她忙得很快樂。

白天，夢仙子忙著織夢，織夢機匡當匡當的響個不停，織出一個個充滿喜怒哀樂的夢。織好後，她會在上面標明姓名。

夜裡，夢仙子更忙了！她將大大小小的夢裝在馬車裡，然後對著全身雪白、長著翅膀的飛天馬說：「雪兒，我們出

發了！」雪兒拍動翅膀，拉著馬車，朝地球飛去。

馬車跑得快極了，在夜空中劃出一條銀色的弧線，片刻間便來到地球。

「今晚要去哪裡呢？」夢仙子翻了翻名冊，「一號朗多。走！雪兒，東方馬戲團。」

「咻」的一聲，一眨眼間，馬車已經降落在一塊空地上，

那是東方馬戲團表演和駐紮的地方。馬車停在一個鐵籠前面，籠內的老虎已經睡著了，可是臉上一副痛苦的表情。

「好可憐的朗多，身上到處是被鞭打的傷痕呢！」夢仙子把最大的夢給了朗多：「走進夢境去吧！你不是一直念念不忘山中的歲月嗎？」

當夢仙子從手中輕輕灑下金粉時，朗多的夢隨著啓動。夢中，牠回到深山裡，重新當起山中之王。哇！那可眞神氣呀！山林間的動物一一向牠稱臣，鳥兒輪流爲牠獻唱優美動聽的歌曲。

朗多忘了牠是一隻「籠中虎」，痛苦的表情不見了，嘴角

牽起絲絲笑意。夢仙子看了之後，滿意的離去。

「二號土魯。走！雪兒，食品工廠。」夜空中又一道白光閃過。

外面已停了一輛銀色馬車。夢仙子將自己的身子變小，慢慢的走進一條地道裡。原來，

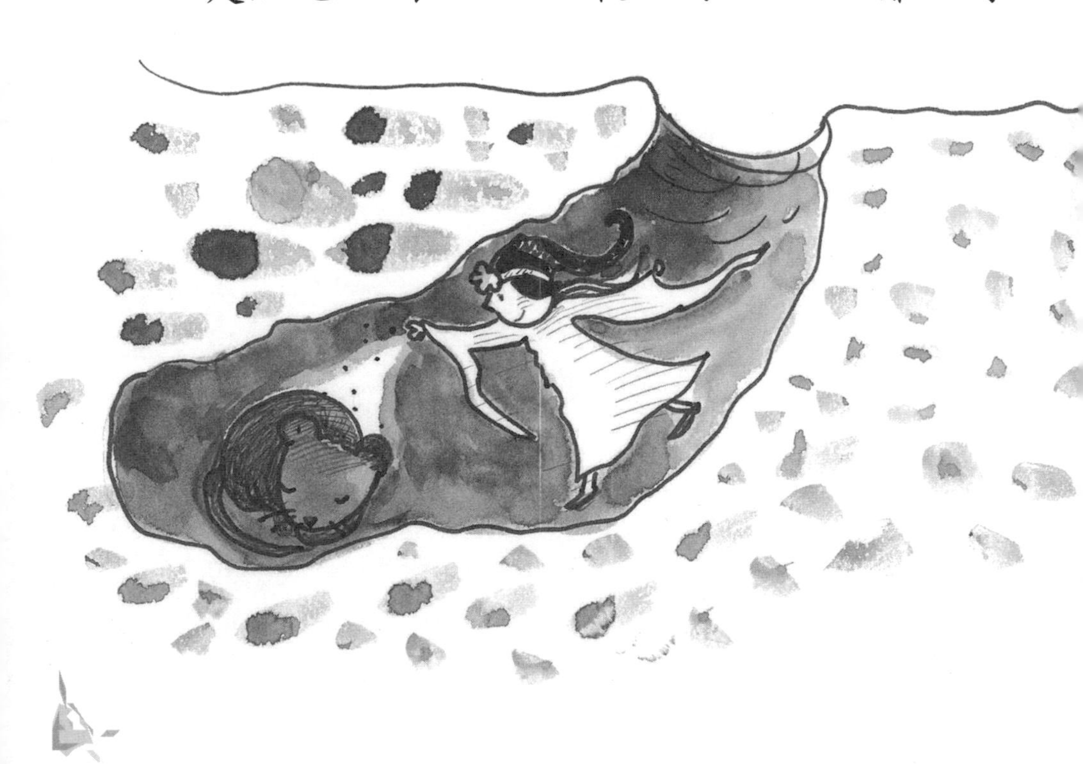

土魯是一隻老鼠，睡得正熟呢！昨天晚上，牠被貓咬斷了尾巴，疼得一夜沒睡覺；今夜好不容易才睡著，疼痛的傷口仍在隱隱作痛，睡著時還是一張苦瓜臉。

夢仙子把土魯的夢放在牠的頭頂，隨著一陣金粉飄落，夢啓動了！在夢中，土魯又遇見那隻兇猛的貓，可是牠現在一點兒也不怕；因爲土魯變成一隻比老虎還大的「超級巨鼠」，只要輕輕一踩，就可以把貓踩成肉醬！貓看見土魯，嚇得全身發抖，趴下來哀求土魯，不要殺了牠……

土魯痛苦的表情不見了，換上滿足的笑容。夢仙子滿意的笑了笑，慢慢的走出地道。

「三號黑毛。走！東街拐角。」

很快的，銀色馬車來到東街拐角的垃圾堆旁，流浪狗黑毛蜷縮在那裡。夢仙子給了牠「溫飽的夢」。夢啓動了，黑毛走進豪華的西餐廳，侍者端來香噴噴的炸豬排，黑毛拿起刀叉，吃得滿嘴油亮亮的……

「雪兒！我們走。」

銀色馬車一閃，又趕往下一個目的地，繼續帶給大家安慰，撫平內心的傷口。送完今夜的夢，夢仙子稍作休息，又得匡當匡當的忙著織夢。

給小朋友的貼心話

小朋友，你常作夢嗎？夢到些什麼？是可怕的夢？還是甜蜜的夢？

如果你遇到夢仙子，希望她爲你編織什麼樣的夢？爲什麼？還有，你會拜託夢仙子把好夢送給誰，讓那個人夜夜有美麗的夢相伴，睡得特別香甜？

熊媽媽的「糊塗病」

熊媽媽是綠森林有名的「糊塗蟲」，經常掉東西，像是皮包、雨傘、手機，不知掉過多少回了。熊爸爸爲這件事很操心，他怕太太哪天出門後，會把自己「忘」在外頭，不曉得回家的路呢！

他們唯一的寶貝兒子——小熊，對熊媽媽的「糊塗病」體會最深，因爲他是直接的受害者之一。

像是有一天，熊媽媽帶小熊去逛花市；那個花市好大，

至少有上百個攤位。熊媽媽是個「血拼」高手，走進花市後完全忘了小熊的存在，立即進行瘋狂大採購。那天人潮洶湧，擠來擠去，小熊母子不久就被人群沖散了。小熊遍尋不著媽媽，急得哇哇大哭；幸好遇到好心的袋鼠阿姨，問明原因後，帶他去服務台「廣播尋母」。可是，小熊足足等了一個鐘

頭，依然不見媽媽的蹤影；最後驚動警察局，特別派了黑狗警官開警車護送他回家。

警車一到小熊家門口，他們就發現熊媽媽在院子裡整理新買回來的花木。熊媽媽居然一副驚訝的表情，問黑狗警官說：「請問，我的寶貝兒子做了什麼違法的事嗎？」啼笑皆非的黑狗警官幽了熊媽媽一默

說：「這個孩子沒犯法，倒是他的媽媽做了一件糊塗事，把他丟在花市，忘記帶他回家了。」

小熊從此很少陪媽媽逛街，他怕再一次被放鴿子，熊媽媽只好「獨來獨往」了。

有一次，熊媽媽剛逛完百貨公司回來，在家等了很久的小熊從房間衝出來，著急的說：「媽咪！快開車載我去上英文課，我已經遲到半小時了！」熊媽媽抱歉的說：「對不起，媽咪忘了你今天要上英文課。」

母子衝到車庫一看，啊！車庫裡空空如也，車子怎麼不見了？「媽咪，您的敞篷車呢？」小熊急得都快哭出來了。

熊媽媽想了很久，最後才紅著臉說：「哎呀！媽咪把車子放在百貨公司地下樓，忘記開回家了。」

小熊垂頭喪氣的問：「那麼，您是怎麼回家的？」

「我是坐計程車回來的。」想起自己所做這些糊塗事，熊媽媽也不知道如何是好。她好擔心自己的「糊塗病」，難過得流下眼淚：「我怎麼愈來愈糊塗了？再這樣下去，我怕……怕有一天會闖大禍。」熊媽媽從此不敢邁出大門一步，把自己關在家裡，天天譴責自己的糊塗。

更糟糕的是，熊媽媽開始作惡夢了，半夜裡常常被惡夢驚醒，嚇出一身冷汗。由於睡眠不足，她的精神狀況一天比

一天差。

熊爸爸要帶熊媽媽出去散步，熊媽媽搖搖頭；小熊提議全家去森林野餐，熊媽媽也沒答應。

有一天，小熊忽然想到一件事，興沖沖的跑去找熊爸爸。「爸爸！您不是有位朋友是心理醫師嗎？可不可以請他過來看看媽媽？」一語驚醒夢中人，熊爸爸當天就把好友長頸鹿醫生請來了。

「聽說妳最近常常作夢，是什麼樣的夢呢？」長頸鹿醫生關心的問。

「我每天都做同樣的夢。」熊太太說：「夢中，我站在一

扇大門前面。我想進去，就一直推、一直推，可是推不開；門上好像寫了什麼字，我不管，還是一直推、一直推，卻始終推不開。半夜，我醒來的時候，流了一身汗，但那道門卻從來沒有推開過。爲什麼我每天晚上都會做同樣的夢？」

「這個夢眞有趣啊！」長頸鹿醫生對這個夢感到興趣，又問了幾個問題，然後

說：「也許從夢境中可以治好妳的糊塗病。晚上當那個夢再出現的時候，請妳集中注意力，仔細看一下，門上寫的到底是什麼字？記得要看個清楚呵！」

「我試試看。」

那天晚上，熊媽媽才剛睡著，那個夢又出現了。她站在門口，一直推、一直推，想把門推開；可是無論怎麼用力，門就是推不開。這時，他記起了長頸鹿醫生交代的話，於是仔細看了看門上的字；啊！門上寫著斗大的一個「拉」字。這時，熊媽媽才恍然大悟：原來，要進這道門，不是用推而是要用拉的。熊媽媽輕輕一拉，門一下子就被拉開了。

「我打開門了！」熊媽媽從夢中醒來，興奮的大叫，對被她吵醒的熊爸爸和小熊說：「長頸鹿醫生的醫術眞高明！由於他的提醒，門終於被我打開了，我也找到我得糊塗病的原因——以前的我，太粗心大意了！要治療這種粗心引起的糊塗病，集中注意力和細心，就是最好的妙方！」

果然，不久後熊媽媽的病就完全好了，不再丟三落四、迷迷糊糊。最高興的要算是小熊了；因爲，今後他可以放一百個心，高高興興的和媽媽去逛百貨公司了！

給小朋友的貼心話

故事中的熊媽媽，可真糊塗啊！難怪受到幾次教訓後的小熊，不敢再跟媽媽出門。

事實上，每個人都偶爾會有糊塗的時候，不用太過自責。只要集中注意力，改變粗心大意的毛病，慢慢的，你就能成爲別人眼中既細心又穩重的人。

鯽魚搬新家

在一條彎彎的小河裡，住了小鯽魚和他的爸爸、媽媽。爸爸、媽媽愛小鯽魚，小鯽魚也愛爸爸、媽媽，他們天天過著快樂的生活。

可是，自從河邊蓋了工廠、將廢水大量排進河裡後，情形便完全改變了。河面上到處都聞得到臭味，河水變髒了！小鯽魚喝了這些不乾淨的水，不久後就生病了，整天不停的咳嗽，鯽魚媽媽看了好心疼。爲了小鯽魚的健康著想，他們

決定立刻搬家。

首先，他們搬到彎彎橋下。這裡離工廠很遠，河水清澈，適合魚類居住。沒多久，小鯽魚的病就好了，他高興的到處游來游去。

彎彎橋下有一條彎彎的蚯蚓，在彎彎的扭動著。小鯽魚游了過

去，說：「我餓了，彎彎的蚯蚓，我要吃掉你。」

蚯蚓一直掙扎著，痛苦的說：「別……別吃我，人類捉我當餌來釣魚，我身體裡有個彎彎的勾勾。這裡很危險，你快回家吧！」

小鯽魚仔細一看，果然看見一條長長的線繫著勾勾。他不敢吃蚯蚓了，趕緊游回家去，把這件事告訴爸爸和媽媽。鯽魚爸爸嘆了嘆氣，說：「這裡不是居住的好地方，我們搬家吧！」

他們這次搬到桃花樹下。這裡水質甘甜，住了許多魚和蝦。整理好新家後，鯽魚爸爸、媽媽帶著小鯽魚到處走走。

哇！住在附近的螃蟹先生有一對大剪刀，一開一合的剪著水。小鯽魚覺得很有趣，便游過去說：「螃蟹先生，你的剪刀能不能借我玩一下？」

螃蟹先生心情不好，揮了揮大螯，兇巴巴的說：「滾開！別煩我。不怕我把你剪成一小段一小段的吃掉嗎？」

螃蟹先生的剪刀喀嚓喀嚓

的響著，他生氣的樣子眞嚇人！鯽魚媽媽趕緊把小鯽魚帶離開。

小鯽魚怕螃蟹先生追來，低著頭奮力向前游，一不小心撞到了吳郭魚小姐。

「唉唷！痛死我了！是哪個不小心的朋友撞了我？」吳郭魚小姐痛得哇哇大叫。

「是我——小鯽魚。我不是故意的，請你原諒我。」

「原諒你？哼！你這個莽莽撞撞的小不點兒，今天非教訓教訓你不行。」

吳郭魚小姐突然尾巴用力一掃——正好掃中了小鯽魚，

小鯽魚像發射出去的子彈，身子飛得好快，連翻了好幾個筋斗才停下來。小鯽魚頭暈暈的，感覺頭上冒出許多小星星。

「孩子，你還好吧？」鯽魚爸爸、媽媽游了過來，關心的問。

「我……」小鯽魚搖搖頭，笑了笑說：「沒事啦。咦？那位叔叔在幹嘛？」

他們游過去一看，原來是鯉魚叔叔在表演特技——從他的嘴裡不停的吹出一個個泡泡。一些小魚都被泡泡吸引住，紛紛游了過來。

吹完小泡泡，鯉魚叔叔開始吹大泡泡，得意洋洋的說：

「我嘴裡還藏著許多彩色泡泡呢！有誰要參觀我的泡泡嘴巴工廠？」

嘩！一聽鯉魚叔叔的嘴巴裡有彩色泡泡，一條條小魚高高興興的排隊進去參觀。小鯽魚也想去，卻被鯽魚媽媽勸住：「小心受騙呵！你發現了嗎？那些小魚進去後，就再也沒有出來過。」

「為什麼呢？」

「因為他們都成為鯉魚大騙子的食物了！」

住在這裡實在太危險了，他們決定再搬家。

這次，他們搬到楊柳樹下。

高高的楊柳樹，將柳條兒一直伸到水面上；風一吹來，

柳條兒不停的搖擺著。小鯽魚喜歡追著柳條兒玩，一會兒游到東，一會兒游到西，眞是有趣極了。

此外，這裡還住著一位愛說故事的烏龜嬸嬸，她有永遠說不完的旅行故事呢！剛來不久，小鯽魚就成爲烏龜嬸嬸最忠實的聽眾，每當烏龜嬸嬸說完一個，小鯽魚就會說：「好好聽，我想再聽一個！」

小鯽魚不亂跑了，成爲一條愛聽故事的魚。這下子，鯽魚爸爸、媽媽終於放心了，他們決定在楊柳樹下居住下來，不再搬家了。

給小朋友的貼心話

小朋友，你聽過「孟母三遷」的故事嗎？爲了讓小孟子有個良好的成長環境，孟母最後搬家到學校旁邊；因此，孟子得以努力學習、修養品德，成爲我國的「亞聖」（第二聖人，第一聖人是「至聖」孔子）。

天下的父母都是一樣的，爲了兒女的將來著想，無不費盡苦心；小鯽魚的爸爸、媽媽也一樣，因此才會不停的搬家。可是，爸爸、媽媽的用心，並不是所有小朋友都能體會呢！

善神和惡魔

善神和惡魔總是勢不兩立；善神費盡心思將迷失的人導入正軌，惡魔則處心積慮把善神苦心的經營毀掉。

這一天，他們在一座城市裡不期而遇。善神很年輕，身材高䠷修長，眉宇之間透著一股英氣，雙頰泛著健康的蘋果紅。惡魔則是個臉色蒼白的跛腳老人，黑白交雜的眉毛下，有著一雙憤怒的眼睛，鷹勾鼻因喝酒的關係而常常紅通通的。

「嗨！最近好嗎？」善神向惡魔打招呼：「怎麼啦？我又沒欠你錢，幹嘛用那種憤怒的眼神瞪著我？」

「我很好，謝謝你的關心。」惡魔冷哼一聲，說：「你偷吃了王母娘娘的仙桃是不是？怎麼愈來愈年輕了？是的，我不得不承認你的長相的確很迷人；可是，這個世界的統治者是強者，而不是萬人迷。你花了很長的時間才完成的東西，我只要一秒鐘內就能把它摧毀。」

善神微笑的說：「我知道幾百種使人快樂的方法，心中總是充滿了陽光，這是我青春不老的原因。而你呢？千方百計破壞我的成果，可是手段總是一成不變，不是燒殺擄掠，

就是戰爭、疾病，再不然就是飢荒、貧困。一個心腸不好的人，老得特別快呵！」

「你說我總是用相同的老把戲？」惡魔氣急敗壞的說：「好，我這次就使用新的方法，你敢不敢跟我打賭？」

「我接受你的挑戰。這樣好了，這次如果你贏了，我就送你一桶珍貴的美夢酒；假如你輸了，往後的三十年裡你不能插手管我的事。」

「我完全同意。」惡魔嘿嘿笑著問：「那麼，你要做的美事是什麼？」

「我要到城裡最不幸的那戶人家去，讓那個叫小傑的小朋

友棄暗投明。我會在那裡待滿一個月，然後換你接手；我有信心在一個月內讓他改邪歸正。請問，你需要多少時間來摧毀我所完成的美事？」

「一秒鐘！」留下這句話，惡魔一陣冷笑後揚長而去。

他們分手後，善神立刻來到城裡一家電動玩具店。此刻，小傑正沉迷在虛擬的武打世界中，跟螢光幕上的人物比武功、論英雄，殺得兩眼布滿血絲。

小傑原本有個快樂幸福的家，不幸的是，父親在一次車禍中喪生，母親不久後也死於肝癌。從此，小傑與奶奶相依爲命。遭到這些變故後，小傑心性大變，不肯好好讀書，經

常逃學去打電玩；奶奶年老體衰，管不動他，看他一天天墮落，背地裡不知掉了多少眼淚。

「我店裡最近進了一種電玩新機種，你要不要試一試？」頭髮抹著一層油光的老闆走過來問小傑。

要是以往，小傑會一口答應；可是因為善神施法的關係，因此他推辭了：「不，我要回家了。」

奶奶幫傭回來後，看見小傑在家裡寫功課，嚇了一跳，高興的去煮晚餐。更讓奶奶笑得合不攏嘴的是，飯後小傑竟然主動要求洗碗，洗好碗後還一邊幫她按摩、一邊說學校趣聞給她聽呢！

「小傑，你今天怎麼了？一下子變得這麼懂事，奶奶好高興呀！」奶奶臉上綻放著燦爛的笑容。

「奶奶，我以前太不懂事了，常常惹您生氣，做了許多不該做的事，請您原諒我。今後，我會用功讀書，做個好孩子。」

聽了小傑這段懺悔的告白，奶奶不禁心花怒放，喜極而泣的說：「乖孫子，奶奶就知道你

會回頭的。」

隔天到了學校，小傑一改以往吊兒郎當的態度，上課專心聽講，下課和同學玩在一起。他原本的霸氣不見了，多了一分親切。

很快的，小傑的功課跟上來了，眞可用「突飛猛進」來形容。老師很驚訝，也很高興小傑的改變，他不僅不再是個頭痛人物，而且成爲老師的得力助手。班上頑皮份子在小傑的「教導」下，個個改頭換面，成爲循規蹈矩的好學生；因此，六年六班一團和氣，樂得級任吳老師整天笑瞇瞇的。

因爲小傑的改變實在太難得了，因此全班一致表決通

過，推薦小傑角逐學校自治市長的寶座。

惡魔雖然答應善神，一個月內不能有所行動，但他隨時隨地都在觀察小傑。他等不及要贏得這場賭局，好暢飲勝過人間任何美味的美夢酒，讓他脫離長久以來失眠的噩夢，獲得好眠與美夢。因此，當一個月剛滿的那一瞬間，他立即施展魔法；這也就是小傑忽然去找電玩店老闆，並答應替他販賣毒品的原因。

善神看了這樣的情形，心中很難過，只好按照約定帶著一桶美夢酒去見惡魔，並對他說：「你贏了，恭喜你！」本來惡魔預期善神會出現沮喪的表情，可是他還是和往常一樣

的鎮定。

「你知道小傑在販毒嗎？如果被警察抓到，一個自治市長候選人竟然是個毒販，我想馬上會成為報紙的頭條新聞！」惡魔一開口就冷嘲熱諷。

「喝吧！這可是我珍藏最久的美夢酒，它能讓你忘掉一切。」善神不但沒有反擊，還頻頻勸酒。

「我等這一刻已經很久了，今天我可要喝個痛快！」接過

整桶美夢酒，惡魔咕嚕咕嚕灌了起來。他真是個酒鬼呀，一下子就把美夢酒喝光光。喝完之後就不支倒地，醉得不省人事，發出如雷的打鼾聲。

這正是善神所期待的。他立刻趕往電玩店，用愛的陽光驅走小傑內心殘餘的陰暗。這時候，小傑心中充滿了勇氣與正義感，他立刻拿起電話打到警察局。

隔天，小傑的名字上了報紙的頭條新聞，標題是「小英雄智勇雙全，大毒梟在劫難逃」，內容大意是：小傑報警後自願充當警察的內線，暗地提供電玩店老闆的行蹤，也因而在當天夜裡的一次毒品交易中，意外的抓到這個狡猾的大毒

梟，立了一件大功。這次的事件不僅讓他成爲轟動社會的掃毒小英雄，也讓他順利成爲自治小市長。

善神當然會繼續幫助小傑，而他一點也不擔心惡魔；因爲惡魔喝下了整桶美夢酒後，必須睡足三十年才會醒來。事實上，小傑已不需要善神的幫忙，因爲他的內心恢復純潔善良，不僅具有愛心，而且樂於助人。一個光明正大的人，惡魔對他是無計可施的。

給小朋友的貼心話

這個故事給了我們一個啓示：善念和惡念經常在我們心中「拔河」；當惡念居上風時，我們容易失去理智，做出令自己後悔的事。

所以，我們要隨時看住自己的心，只讓善念留在心中；如此一來，我們就能永遠做個光明正大的好人。

小老鼠斑斑

森林裡有一隻小老鼠，身上長了許多斑點花紋，大家都叫他「斑斑」。斑斑個子雖然小，但是聰明善良，又有正義感。

有一天，麻雀、蝴蝶、黃鶯和小白兔在森林舉辦同樂會。他們快樂的唱歌、跳舞，沒有注意到不遠處的草叢裡，出現一隻餓急了的狐狸，正緊緊盯著他們。

忽然間，狐狸出擊了！他像一陣風般急衝過來，連地面

的枯葉都被捲起，麻雀、黃鶯、蝴蝶也被嚇得展翅飛上天空。

可憐的小白兔沒有翅膀可以飛，被狐狸一口咬住後腿。小白兔奮力掙扎，大叫：「救命！救命啊！」

麻雀、蝴蝶和黃鶯在空中焦急的飛來飛去，大聲對狐狸說：「放開他！放開他！」

狐狸不理他們，得意的嘿嘿冷笑。

正在附近找食物的斑斑，發現小白兔有危險，立刻採取行動，用他銳利的牙齒，緊緊咬住狐狸的尾巴。

「誰咬我？痛死我了！」狐狸大叫。趁著狐狸開口喊痛的

時候，小白兔和斑斑立刻逃走。

狐狸氣死了，要找斑斑算帳；可是，無論怎麼找就是找不到，斑斑就這樣憑空消失了。這件事，很快的傳遍整座森林。

有一天，狐狸遇見蜜蜂，問他：「你遇到過斑斑嗎？」

蜜蜂說：「我最近沒見過他。」

狐狸又遇見小蟋蟀，問他：「你知道斑斑的新家在哪裡

嗎？」

小蟋蟀說：「對不起，我不知道。」

直到有一天，狐狸問到出遠門剛回來的蛇。蛇說：「我知道斑斑的家在哪裡，我帶你去找他。」

蛇帶著狐狸來到斑斑新家的洞口，就先離開了。斑斑知道狐狸在洞外等他，乾脆躺在吊床上聽音樂，不理他。

整整等了一天，斑斑還是不出洞；狐狸餓壞了，他想去找食物吃，又擔心斑斑逃走，只好忍著。

後來，實在餓得受不了，狐狸就在洞口挖了一個陷阱，

上面鋪著樹葉，只要斑斑一出門，就會掉進陷阱裡。

狐狸出去飽餐一頓回來，看見陷阱完好如初，知道斑斑還在洞裡，他便繼續等待。

兩天過去了，還是沒看見斑斑的影子。狐狸耐性被磨光了，對著洞口大喊：「斑斑，你給我滾出來！」

斑斑把頭探出洞口，說：「歡迎光臨！你有興趣參觀我的小窩嗎？」

「好呀！」狐狸急著要捕捉斑斑，衝了過來，沒想到「碰！」的一聲，掉進自己設下的陷阱。斑斑朝他笑了笑，揮揮手走了。

狐狸費了很大的力氣才爬出陷阱。他發誓，總有一天，要把斑斑一口吞下肚。

炎熱的夏天來臨了，動物們跑到水潭邊喝水。狐狸天天埋伏在那裡，等著斑斑出現。

斑斑遠遠的就看見狐狸躲在草叢裡露出尾巴。他靈光一閃，想到一個好點子，便用杜鵑花的汁液塗滿全身，再把身上的毛弄得蓬蓬鬆鬆的，然後向草叢走去。

「嗨！我是小精靈，天神派我來的。」斑斑拉高嗓門說。

一聽是天神派來的小精靈，狐狸不禁肅然起敬。

「天神說，斑斑救了兔子，是個大英雄，要讓斑斑當森林

大王。」

「森林大王不是獅子嗎？」狐狸大感驚訝。

「獅子年紀大，牙齒快掉光了，天神要把王位交給斑斑。」

「斑斑是小老鼠，誰會服他？」

「你錯了，森林裡的動物現在都很尊敬斑斑，他當森林大王最適合了。」

「尊敬斑斑？」狐狸一頭霧水。

「對呀！森林裡的動物都知道，斑斑從狐狸的口中救出兔子，難道你不知道這件事？」這些話讓狐狸很尷尬，只能心虛的點點頭。

「我偷偷告訴你，這次天神很生氣，準備派天兵天將下凡，把那隻狐狸抓起來剝皮！」

狐狸聽了，嚇得全身發抖，藉口有事情要辦，立刻頭也不回的逃出森林。

給小朋友的貼心話

大家生活在一起，應該和睦相處。故事中的狐狸自認是個強者，總喜歡欺負弱小動物，最後遭到報應，嚇得逃出森林。

大家都喜歡跟和和氣氣的人做朋友；常欺負別人的人，朋友會一個個離開他呵！

無底洞

聽說森林的邊緣，有一個看不見盡頭的無底洞，小白兔謙謙好奇的跟著大家跑去看。

啊！眞是一個可怕的無底洞呀！朝洞內喊一聲，只聽到回音不斷的迴盪、迴盪，還能看見無數發亮的眼睛不停的閃爍、閃爍……謙謙嚇得拔腿就跑。

從此，謙謙每次不得已經過無底洞時，都低著頭快步跑過去。

每當黑夜來臨時，想像力豐富的謙謙，腦海裡便出現許多關於無底洞的幻想。像是：當他躺在床上要睡覺的時候，就會想像無底洞裡住了一個綠色大怪物，從洞裡跑出來敲他家的窗戶，嚇得他趕緊躲進被子裡。

躲在暗暗的被子裡，

謙謙又會幻想自己不小心掉到無底洞裡，一直向地心滾燙的岩漿掉下去……

因爲愛胡思亂想，謙謙經常把自己嚇得半死，晚上做了好多的惡夢。

一個晴朗的早晨，謙謙經過無底洞旁，正準備低頭快速跑過去時，發現有一隻小黑兔想走進去。

「喂！別進去！難道你不知道無底洞有多可怕嗎？」情急之下，小白兔謙謙大聲喊著。

「是嗎？謝謝你關心我。我叫跳跳，剛搬來這裡。我可以跟你做朋友嗎？」小黑兔跳跳熱情的說。

「好哇！我叫謙謙，很高興認識你。」他們彼此伸出右手，緊緊的握在一起。

認識了新朋友，兩隻小兔子好高興呀！他們天南地北的聊了起來。謙謙說：「跳跳，你穿著探險裝備真好看耶！」

「真的嗎？」跳跳的

眼睛亮了一下，但很快又暗了下來。小白兔謙謙問他有什麼不開心的事。

跳跳說：「我今天本來想找個朋友一起去無底洞探險。你看，我帶來兩套探險裝備呢！可是，我剛搬來，沒有朋友……謙謙，我們一起進去探險好不好？」

謙謙不想失去這個新朋友，考慮了很久，還是點頭答應了。他穿上探險裝備，拿著手電筒，緊緊跟在跳跳的背後走進無底洞。

「跳跳，暗暗的洞裡會不會躲著吃動物的妖怪？」

「跳跳，洞裡會不會住著噴火龍？萬一我們身上的毛全被

火燒光了，怎麼辦？」一開始，謙謙因爲心裡害怕，一直問個不停。

「謙謙，不要胡思亂想嘛！你看，洞裡根本沒有妖怪和噴火龍！」跳跳一直爲謙謙加油打氣。

他們沿著洞內曲曲折折的小路，小心翼翼的前進；隨著路面的高高低低，一會兒爬上，一會兒滑下。

有些路山洞比較低，他們就低著頭走過；有些路只剩一道縫，他們只得爬著前進。

「跳跳，前面不好走，小心呵！」謙謙不僅忘了胡思亂想和害怕，一心一意往前走，還關心他的朋友。同時，他發現

一件事：原來，那些閃亮的眼睛，只是一隻隻的螢火蟲而已。

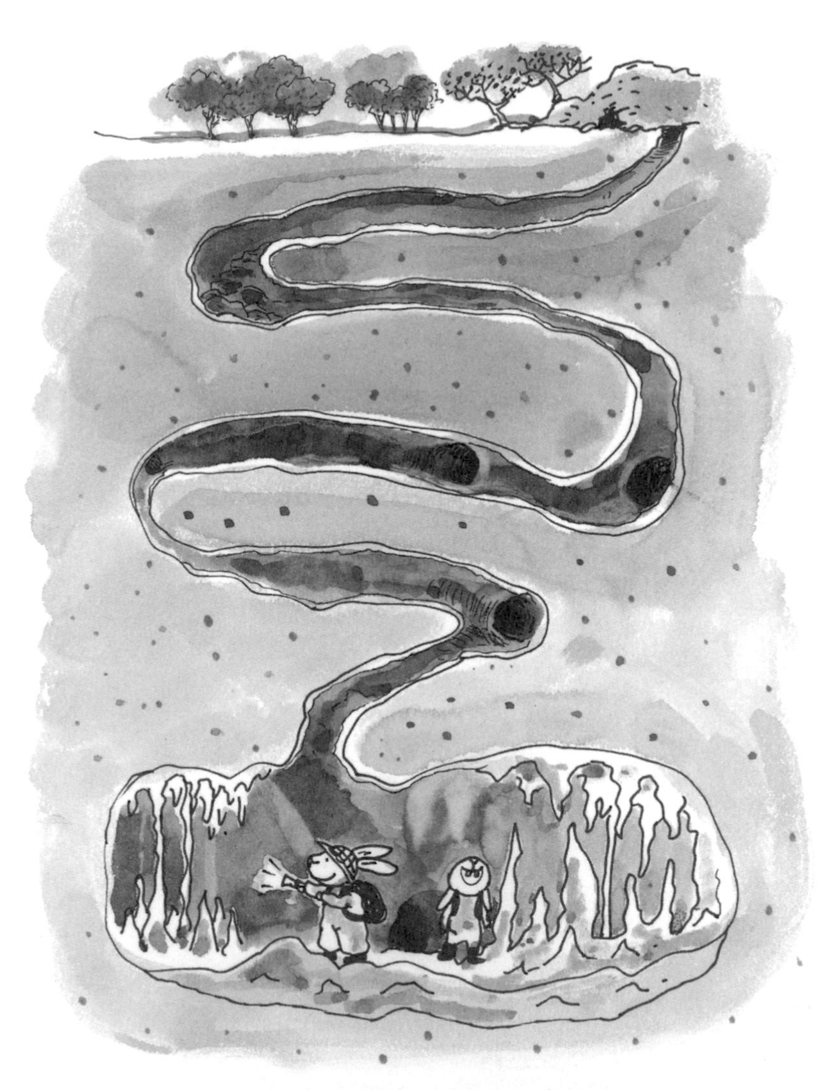

當他們走進一個大洞穴時，跳跳不禁大叫起來：「謙謙，你看！」謙謙看見一根根像冰柱的白色鐘乳石，忍不住說：「好美……真美啊！」他們被眼前美麗的鐘乳石迷住了。

滴答！滴答！不時有水滴從洞頂滴落下來。突然，陽光從山頂縫隙灑了進來，碰到水珠折射後發出七彩光芒，洞內一瞬間光彩耀眼，有如仙境一般。

「好美！好美喲！」謙謙和跳跳同時發出讚嘆聲。

他們在鐘乳石洞裡待了很久很久，最後才依依不捨的離開。

來到洞外時，興奮的謙謙拉著跳跳的手說：「原來，無底洞裡藏著美麗的鐘乳石。從今以後，我再也不會胡思亂想，自己嚇自己了。」

「你不怕無底洞了耶！那麼，下禮拜我們可以再來探險嘍？」

「好哇！不過，下次換我走前面。」

「哇！謙謙的膽子變大了！哈哈哈……」

滿懷興奮的心情，他們有說有笑的踏上回家的路。

給小朋友的貼心話

很多恐懼都是無中生有的；像謙謙對無底洞產生恐懼，便是他自己胡思亂想產生出來的。

小朋友，無論面對什麼事情，都要保持冷靜；更重要的是追求眞相，千萬別胡思亂想，自己嚇自己呵！

鐵釘湯

從前有一位老人，喜歡到處遊山玩水還有跟小孩說故事。他雖然年紀大了、頭髮白了，但是天天四處散播快樂，老人走到哪裡，歡笑聲就跟到哪裡。

這一天，老人來到山下的小村子，跟小孩們說了一整個下午的故事；結束的時候，小孩們都搶著要老人到自己家去住一晚。老人說：「我哪家也不去，今晚我要去住小氣夫婦家。」

老人向小孩們說了再見後，就往小氣夫婦家走去。小孩們不肯散去，又害怕壞脾氣的小氣夫婦，只好遠遠的跟在老人後頭。

老人來到小氣夫婦家，敲了敲門；等了很久，門終於開了。老人說：「我是遠方來的遊客，想在你們家借住一晚。」小氣夫婦聽了很不高興。丈夫說：「我家又不是客棧，你快走！」妻子更是兇巴巴的說：「我們不歡迎陌生的客人，就算有空房，我們也不會借你住的。」然後就要把門關上。

老人嘆了一口氣，喃喃的說：「眞可惜啊！如果我能住

下來，他們夫妻就能喝到世界上最好喝的鐵釘湯了。」

小氣夫婦聽了很好奇，他們很想喝喝看世界上最美味的鐵釘湯，到底是什麼味道；於是，就破例把老人留下來了。

老人走進屋子後，神祕的笑著說：「我這就去廚房煮鐵釘湯給你們喝。不過，你們絕對不要偷看呵！一有人偷看，整鍋鐵釘湯馬上就會壞掉。」

小氣夫婦怕喝

不到最好喝的鐵釘湯，只好乖乖的在客廳等著。

從廚房裡不斷傳來老人的歌唱聲，歌聲中夾雜著炒鐵釘的叮叮鼕鼕聲。

小氣夫婦好想快點喝到鐵釘湯，急得坐也不是，站也不是；想去偷看，又怕鐵釘湯會壞掉。

好不容易，老人終於從廚房走出來了，小氣夫婦連忙上前問道：「鐵釘湯煮好了嗎？」

老人笑著說：「快了，快了。不過，照我的經驗，要是加上一些胡蘿蔔和洋蔥，湯的味道會更甜。」

小氣夫婦一起說：「這兩種菜，廚房裡都有，你拿去用

沒關係！」

老人說了聲謝謝，便又走進廚房忙了。

不久之後，廚房裡飄來陣陣香噴噴的氣味，還能聽到沸騰的湯裡發出的咕嚕咕嚕聲。

小氣夫婦舔著嘴脣，一起喊著餓。他們坐不住，走過來又走過去，並不時向廚房那邊張望著。

突然，老人匆匆忙忙的走出來，問道：「有牛奶和馬鈴薯嗎？加進這兩樣東西，味道會更鮮美。」看小氣夫婦搖了搖頭，老人皺著眉頭說：「眞可惜，缺了這兩樣，味道就遜色多了！」

小氣夫婦聽了好著急，一直喃喃說著：「怎麼辦？這麼晚，市場早就打烊了。」

這時候，躲在門口張望的孩子們中，一個大眼睛的小男孩說：「我家有牛奶，我回去拿。」

另一個紮辮子的小女孩說：「我家有一大袋馬鈴薯，我回去拿一些來。」

其他小孩問老人還需要什麼？老人說：「鍋裡的好料如果愈多，湯就會愈鮮美呵！」

孩子們聽後就一溜煙的都跑走了；回來時，大家帶來了蘑菇、豌豆、芋頭、玉米……

老人高高興興的把孩子們帶來的蔬菜，通通拿進了廚房。

不久後，鐵釘湯煮好了，老人把一個大鍋子端到客廳的桌上。小氣夫婦以爲可以開動了，可是老人卻說：「打開鍋蓋的時候，一定要有二十個以上的人在場，否則湯的美味會消失掉。」

小氣夫婦趕緊叫小孩回去找家人來，他們夫婦更是一家一家的拜訪鄰居，請鄰居過來喝世界上最好喝的湯。

當大家到齊後，老人掀開了鍋蓋。哇！鍋子裡裝滿了美味的食物，濃濃稠稠的湯，看起來是多麼美味

啊！一人一碗湯，大家喝得有說有笑，都說這是他們喝過的湯裡最好喝的。

小氣夫婦最高興了，因為他們家從來沒有過這麼多客人。他們對老人說：「謝謝你，讓我們知道了『分享讓人快樂』的道理。」

老人聽後哈哈大笑，叮嚀道：「還要記得喲，跟人分享愈多，快樂也愈多呵！」

給小朋友的貼心話

分享，會帶給人快樂；一個不肯跟人分享的人，就是名副其實的小氣鬼，當然不會受到大家歡迎。

如果小朋友從小就有「分享」的觀念與習慣，將來一定會有個充實又有意義的人生。

不快樂的老鷹

一隻老鷹獨自在空中飛行，他時而低空盤旋，時而高空翱翔。心中的疑惑得不到解答的他，眼神中充滿著悲傷。

——爲什麼？爲什麼老鷹天生就是這麼的孤獨，快樂永遠離我遠遠的？

他奮力的發出一聲劃破寧靜的悲鳴，朝海邊飛去。

——做爲一隻大地飛鷹，難道不能過著快樂的生活嗎？快樂既然不來找我，我就應該去找它。

於是，老鷹拍動翅膀，凌空飛去。當他爬升到某個高度俯視大地時，發現岬岸上出現一群海鷗；老鷹立刻以迅雷不及掩耳的速度俯衝而下，嚇得鷗族們紛紛閃躲。

「請不用害怕，我不會傷害你們的。我有件事想請教你們，如何才能過著快樂的生活呢？」老鷹語氣和善的說。

海鷗們你看我、我看你，不知如何回答。有一位長老走

出來，以蒼老的嗓音說：「原來你是為追求快樂而來。這件事太簡單了！世界上還有什麼比吃更快樂的呢？找到好吃的東西，痛痛快快的大吃一頓，你就會覺得很快樂了。」「謝謝你告訴我答案。」老鷹說完，便振翅凌空飛去。

從此，老鷹瘋狂追求「吃」的快樂。他原本就是個獵物高手，這件事對他來講再簡單不過了。的確，吃是種享受，塡滿肚子可以暫時得到快樂；可是沒多久，老鷹就發現吃得太飽，不僅肚子脹得難受，反應也比較不靈敏。

這時候，老鷹無意間看見一幕血淋淋的鏡頭：海鷗們為了爭奪小魚，互相用尖嘴攻擊對方；鮮紅的血從他們的身上

流出來，傷重的還當場死亡呢！難道，生命的意義就是弱肉強食，爲了那一丁點兒食物爭鬥不休嗎？——海鷗長老的話錯了，吃不能帶來眞正的快樂。

老鷹決心走一趟深山，拜訪「聰明猴」，向他請教快樂的泉源。

聰明猴住在森林深處的一座山洞裡，平日一向不見客；

老鷹站在洞口苦等了三天，才得以拜見。「我活得好孤獨、好痛苦。請你告訴我，如何才能獲得眞正的快樂？」老鷹以誠懇的語氣說。

聰明猴看了憂鬱的老鷹一眼，對他說：「以鳥類來說，還有什麼比飛行更快樂的事？你已經不是一隻只求溫飽的老鷹，那麼，你就去追求速度的快感吧！」

「可是，」老鷹疑惑的說：「爲什麼當我快速飛行的時候，一點兒也不覺得快樂？」

「那是因爲你還沒有把飛行的技術發揮到最高的境界。去吧！練習高超的飛行技術，讓自己飛得更高、更快，我保證

你一定能得到一種前所未有的快樂。」聰明猴說。

老鷹聽從聰明猴的話，開始練習各種高級飛行技術。俯衝、急轉彎、上拉、緊急停飛……一項一項的不停練習。每次飛行技術一有突破，他就滿心歡喜。

在陽光輕灑的清晨，或夕陽西落的黃昏，森林裡的動物們不時會看見老鷹像風一樣掠過森林上空，嚇得他們紛紛找地方躲藏。

成爲飛行技術第一的老鷹後，他反而覺得更孤獨了！因爲動物們都不敢靠近他，只要看見他從遠處飛來，立刻躲藏起來。

——聰明猴錯了！飛行並不能帶給我眞正的快樂，只是讓我更孤獨而已。

失望的老鷹，在蒼茫的夜色下獨自飛行，悲苦的鳴叫著。

有一天，老鷹在空中飛行時，看見一場激烈的追逐戰；原來，有一隻野狼正在追捕兔子。

兔子驚慌失措的逃命，野狼緊跟後面窮追不捨；慌亂中，兔子被野藤植物絆倒，撞上一棵樹。受傷的兔子跑起來一跛一跛的，速度明顯慢了許多，眼看就要成爲野狼的食物。

老鷹突然起了憐憫心，像一枚飛射的砲彈一樣，急速向下俯衝，伸開銳利的腳爪，一把抓向野狼的頭部；只聽見野狼哀嚎一聲，嚇得落荒而逃。

老鷹慢慢的走向兔子。兔子眼裡充滿恐懼，他以爲老鷹趕走狼，是爲了爭取獵物。

「別怕，我不會傷害你的。」老鷹說：「你的腳扭傷了，我帶你去找山羊醫生。」

山羊醫生簡直不敢相信會發生這種事。爲兔子做好緊急包紮後，山羊醫生說：「老鷹，你今天的表現，眞是令我感動。你有這分慈悲心，相信今後森林裡的很多動物，都會成爲你的好朋友。」

「眞的嗎？」很少被讚美的老鷹，此刻心中充滿快樂。

「山羊醫生，看你大受動物們歡迎，我好羨慕。請告訴我，如

何才能獲得眞正的快樂？」

「助人最樂！」山羊醫生說：「只要有愛心，肯幫助別人，心靈將永遠充滿喜悅。這種喜悅，是人間的至樂！像你今天救了兔子，心情一定很快樂，對不對？」

山羊醫生說得沒錯，老鷹這時候內心感到前所未有的快樂。老鷹高興極了，他終於找到了快樂的泉源，那就是付出關懷和愛心，跟動物們和平相處。

從那天開始，老鷹立志做一隻快樂的鳥，他再也不是一隻孤獨的大地飛鷹了。

給小朋友的貼心話

世上最快樂的事是什麼？每個人的答案都不一樣；有人認為吃喝玩樂最快樂，有人認為「助人最樂」。如果你想擁有快樂又有意義的人生，那麼，就要像山羊醫生所說的，做個有愛心、肯幫助別人的人呵！

外星來的朋友

風和日麗的好天氣，閒來無事的小泰山站在高高的樹幹上，眺望著遠處的風景；一隻飛鷹翱翔於碧藍的天空中，不時發出尖銳刺耳的叫聲。

突然，一個不明物體在天空出現了，歪歪斜斜的向綠森林飛來，發出來的引擎聲又大又吵，引起動物們的不安，產生一陣騷動。

「砰」的一聲，不明飛行物墜落在湖裡，激起半天高的水

柱。小泰山毫不猶疑，立刻手握樹藤用力一盪，從高高的樹幹上朝湖的方向「飛」去。

當小泰山趕到現場時，湖面已恢復平靜。小泰山正想跳進湖裡查個明白，忽然，湖水一陣劇烈翻滾，只見一隻超級大狗從湖水裡浮了上來，慢慢向湖邊游了過來。哇！這隻超級大狗全身金光閃閃，眼珠發出神祕的綠色螢光！

第一次見面，這隻超級大狗居然一開口就問：「小泰山，可以請你幫忙嗎？」

小泰山驚訝不已：超級大狗怎麼會講人話，還知道他的名字？「你是從外星來的嗎？」小泰山心想：超級大狗的頭特別大，腳卻又細又長，搞不好是隻外星狗。

超級大狗點了點頭，然後向小泰山求救：「我的飛行船

能源用光了，需要你的幫忙。」

「沒問題！遠來是客，只要是我能力做得到的，一定幫忙到底。」熱心的小泰山一口答應。「你的飛行船用的是柴油或汽油？」

「不！」外星狗搖搖頭說：「我的飛行船所使用的能源不是油類，而是蛋——鴕鳥蛋。」

「鴕鳥蛋？」小泰山的神情先是驚訝，然後轉爲困擾。他搔了搔頭說：「這……這就有些麻煩了。最近

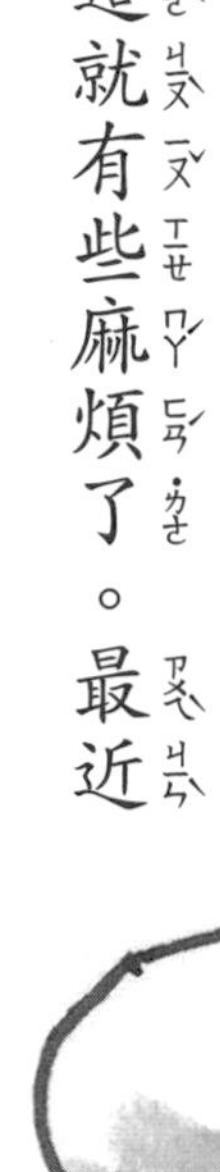

駝鳥家族去北方旅行，要到下個月才會回來；留守在家裡的都是一些老駝鳥，根本下不了蛋。

「怎麼辦？我有要緊的事，最晚也必須明天離開這裡。」著急的外星狗說。

「你別急，我來想辦法。」

小泰山「阿嗚——阿嗚——」叫了幾聲，綠森林的動物紛紛用飛的、跑的過來，小泰山立刻召開「援助外星朋友緊急會議」。

會議進行得十分順利，很快便決定由飛鷹長老擔任這次援助任務的隊長，帶著一群飛鷹勇士立刻出發，執行帶回駝鳥蛋的艱鉅任務。

飛鷹小組離開後，憂心忡忡的外星狗問道：「鴕鴕鳥蛋又大又重，他們行嗎？」

「放心！最慢明天你就可以看到鴕鳥蛋。」小泰山自信滿滿，並且邀請外星朋友去他家作客。

晚餐時，桌上的食物擺得滿滿的，可是外星狗對肉類一點興趣也沒有；整桌食物裡他只吃了香蕉，一連吃了九大串，而且還連皮一起吃呢！原來，他是隻「素食狗」。

「這裡的香蕉眞是太好吃了！謝謝你爲我準備這麼美味可口的晚餐。」外星狗既滿意又感恩。

夜裡，外星狗講了許多外太空奧妙有趣的事情，小泰山聽得津津有味。原來，別的星球還有其他生物存在，他們的科技十分發達，常常作星際旅行，偶爾也會到地球來玩。

隔天早上，綠森林上空出現一幅奇異的景象：在碧藍的天空中，突然飛來一張巨大的網！動物們指著「飛網」又叫又跳，神情十分興奮。

仔細一看，原來不是網自

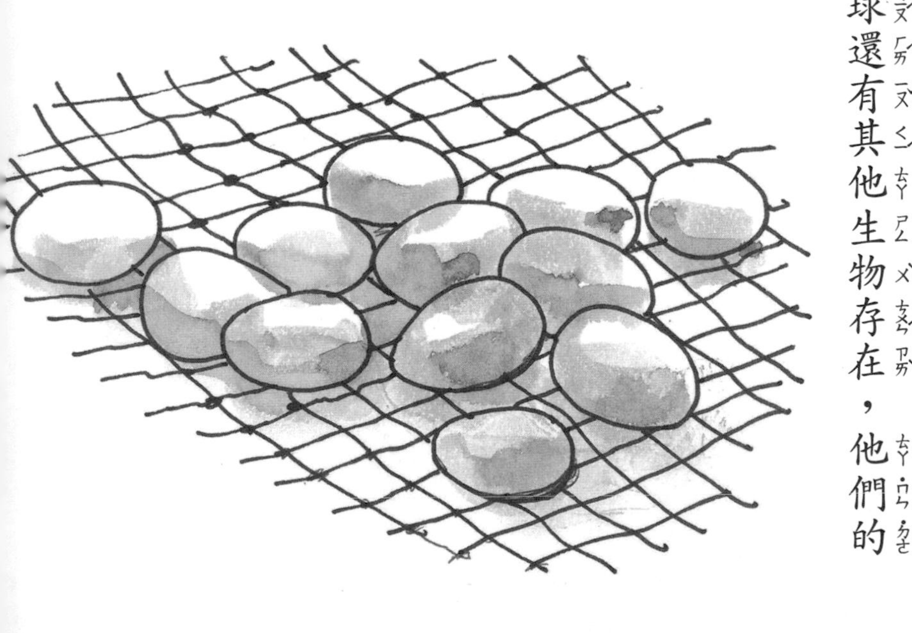

動會飛，而是由一群鳥叼著飛行，網裡載著十幾顆鴕鳥蛋；而帶頭在前面飛的，正是飛鷹長老。

這真是神奇又壯觀的一幕呀！

動物們發現飛鷹長老達成任務歸來，不禁發出熱烈的歡呼聲。

飛行網慢慢的降落地面；小泰山上前數了數，一共十二顆鴕鳥蛋。飛鷹長老喜孜孜的說：「我帶著飛鳥先去漁村借網子，再趕往北方找正在旅遊的鴕鳥家族。他們真熱情，一聽說外星朋友需要能源，很高興能幫得上忙，歡歡喜喜的一共下了十二顆蛋！」

「辛苦你們了。」小泰山說。接著他轉身問外星朋友：

「這些鴕鳥蛋夠用嗎？」

「夠用，夠用。」外星狗感激的說：「謝謝你們！我永遠不會忘記你們這些地球朋友，我很快便會再回來的。」

不久之後，從湖底冉冉升起一艘菱形太空船，在綠森林上空繞行一圈後，迅速飛向天際，消失得無影無蹤。

「再見，外星朋友，歡迎再來玩！」小泰山不停的揮動右手。他的左手緊緊握著的，是外星朋友昨晚送給他的紀念品——數位手機；有了它，小泰山隨時都可以跟外星狗聯繫呢！

外星朋友才離開，小泰山馬上就想念他了。小泰山望著遙遠的天際，拿起數位手機，按下了通訊鈕，螢幕上立刻出現外星狗的影像，並響起他的聲音：「慶賀通訊成功，清涼

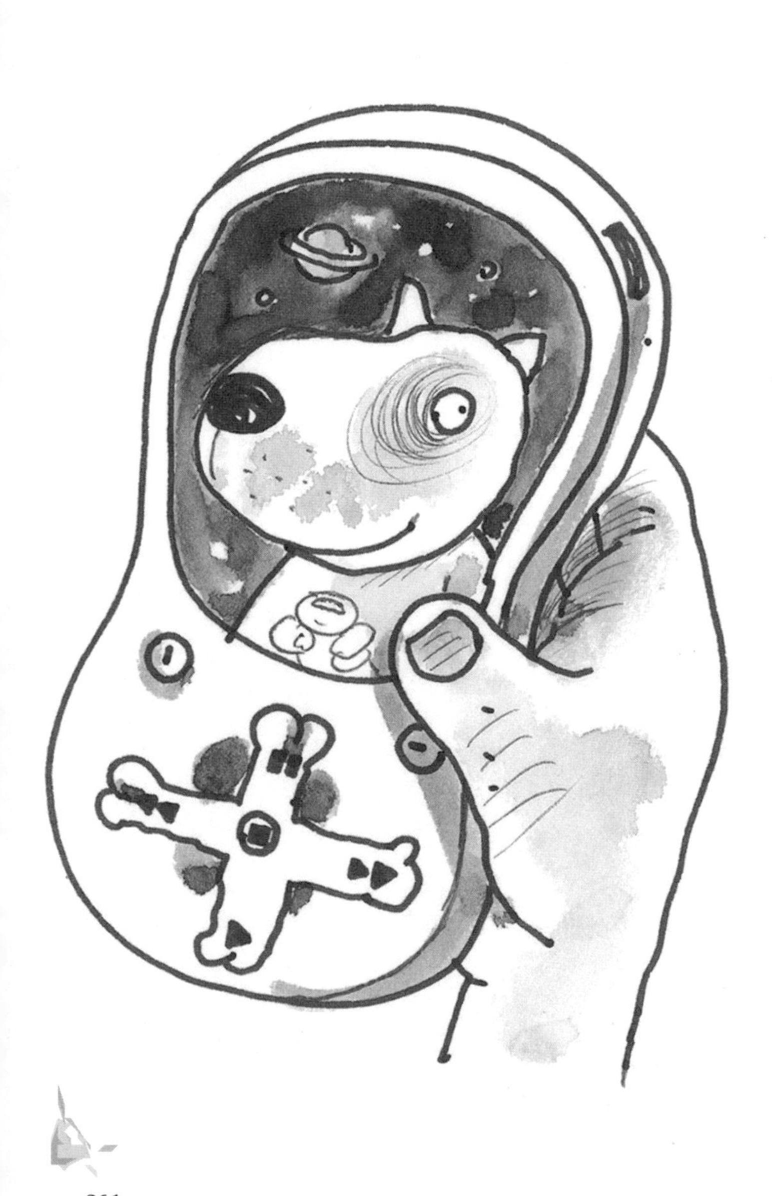

大放送！」接著從手機飄出來一陣陣清香，小泰山聞後神清氣爽，感覺全身都舒坦極了。

給小朋友的貼心話

小朋友，你相不相信有外星人呢？如果有外星人，說不定也會出現外星狗、外星貓……

想一想，如果有一天遇到這些外星朋友，人類應該把它們當作朋友或敵人呢？爲什麼？

小泰山尋找春天

小泰山不喜歡冬天。

冬天一來，天寒地凍，身上穿著又厚又重的衣服，跑、跳都不方便；還有，北風整天吹個不停，冷得動物們躲藏起來，小泰山找不到玩伴，日子過得好無聊哇！

今天，小泰山披著風衣出門，他要把春天找回來。

北風擋住他的去路，問：「你想去找春天，首先得通過我這關。」

話一說完，北風吹出超強的寒風，幾乎快把小泰山變成冰人啦！

小泰山笑了笑說：「我早有準備，你沒看見我身上穿著風衣嗎？」

北風這下子沒輒了，只好氣呼呼的走了。

「奇怪？春天早該來了啊？也許她遇到麻煩，需要有人幫

忙。」小泰山拿出自己動手做的滑板，跳了上去，快速朝森林前進。

哇！厚厚的積雪把整座森林覆蓋了，眼前看見的森林是一片白茫茫的世界，除了白色，還是白色。

小泰山突然覺得口渴；找呀找，終於找到一間白色小屋。

「有人在家嗎？」小泰山敲門問。

「門沒關，自己進來。」

小泰山推門進去，看見屋裡住了一對老夫婦，臉上一副冷冰冰的表情。

「我口渴，能不能給我一杯水喝？」小泰山說。

老婦人嘿嘿冷笑兩聲，進去廚房端出一杯水，說：「這是青春水，快喝了它！」

小泰山猶豫著；萬一它眞的能使人年輕，變回嬰兒可不好玩。於是，他朝老婦人搖搖頭。

「算你聰明。」老伯伯突然開口：「不瞞你說，我們是冬魔的手下——

——冷先生和凍夫人。剛才如果你喝下這杯『冷凍催魂水』，馬上就會沒命。你雖然逃過一劫，不過，你要跟我們玩一種遊戲，過關後才能放你走。」

「什麼遊戲？」小泰山問。

遊戲名稱叫什麼急、什麼彎的，哎呀！我忘了啦！反正，我問你答就對了。」凍夫人急著說：「題目很難呵，注意聽好。『要死』掉了，怎麼辦？」

「撿起來呀！」小泰山很快的回答。

「你怎麼知道的？這個題目很難回答耶！」冷先生詫異的說。

「這麼簡單的『腦筋急轉彎』，連幼稚園小朋友都會。「鑰匙」掉了，當然要撿起來呀！」

這對老夫婦聽小泰山這麼說，氣得大叫：「你的意思是說，我們兩個是大笨蛋，才會問這種蠢題目？真是氣死我們了！」他們生氣的樣子真可怕呀，身體像氣球充氣一樣，一直膨脹，最後「砰」的一聲爆炸了。

就在這一刻，天氣回暖，溫度逐漸上升，不再天寒地凍了。

小泰山在屋後小房裡找到被囚禁的春姑娘。春姑娘走出屋外，向大地輕輕的吹了一口氣，一股暖流便拂過森林；小

泰山聽到：小草鑽出土地的滋滋聲，竹筍拱出地皮的剝剝聲，還有從遠處傳來動物們嘻嘻哈哈的笑聲。

春姑娘又吹了一口氣，枝頭立刻長出嫩葉，河流嘩啦啦的響著。鳥兒有的站在枝頭，有的在天空翱翔，接力賽似的唱出一首首動聽的歌曲。

小泰山高興極了，他不必再過著孤單無聊的日子了。他好想邀請春姑娘去家裡玩；可是，當她看見春姑娘正忙著用力吹融一堆堆殘雪時，他又不好意思開口了。

給小朋友的貼心話

風和日麗的春天，誰都喜愛。小泰山找到春天，讓天氣回暖，大地舞臺又熱鬧起來。

人的情緒如果陷入低潮，就像置身寒冬一樣，會表情冷漠、悶悶不樂。這時候，要學學小泰山，趕緊找回心靈的春天呵！

誰是花園的主人

童話作家應邀參加大富翁豪華花園的落成慶祝大會；大富翁站在門口迎接嘉賓，一臉得意。

今天眞可說是冠蓋雲集呀！前來道賀的貴賓中，有立法委員、國大代表、市議員、工商大亨、影歌星，以及少數藝文界人士。

哇！市長這個大忙人居然也來了。市長的大駕光臨，給了主人很大的面子，大富翁臉上的笑容更加燦爛了。

「請各位貴賓往裡面走，雞尾酒會馬上開始。」大富翁宣布完後，貴賓們紛紛向花園裡走去。

這時候，花園裡的一草一木都已準備好了；他們要展露最嬌美、最翠綠的一面，等待人們的欣賞。

剛開始時，嘉賓們雙眼一亮，看了美景幾眼；但是，隨著雞尾酒會的開始，他們立即轉移重心，端起酒杯，專心於美食和美酒，以及大富翁的不斷吹噓。花園裡的花草樹木們，簡直失望透了！

「好吵哇！」

「我快受不了啦！」

「忍著點，眞希望雞尾酒會快點結束。」樹公公勸花姑娘和草弟弟多忍耐。

這時，後來才趕到的童話作家突然從人群中「失蹤」了。他被眼前的美景所吸引，腳步不知不覺的向花園邁去。

「花姑娘，妳眞美麗。」童話作家讚

美不已。

「謝謝。」花姑娘樂得心花怒放，散發出最清香的氣味給了童話作家。

「樹公公，你的綠大衣眞好看。」童話作家仰頭稱讚。

「感謝你的讚美。」樹公公很高興，搖一搖枝幹，釋放出最新鮮的芬多精給童話作家。

「小草弟弟，你的葉子翠綠可愛，精神最飽滿。」童話作家看見綠油油的青草，忍不住發出讚美。

「眞的嗎？」小草不禁挺挺胸，一股活力從他身上流出來；童話作家吸進這股活力後，精神一振，頓覺神清氣爽。

樹公公無限感慨的說：「大富翁只是擁有這座大花園的所有權，但是他從來沒有眞正擁有過我們。」

停在樹上的雲雀附和，說：「樹公公說得沒錯。大富翁是花了幾百萬元建立這座花園，但得到的只是一些虛僞的讚美罷了；而童話作家不花一毛錢，卻眞正擁有了大花園。」

童話作家聽了哈哈大笑。他爽朗的笑聲灑落開來，讓大花園裡的花兒更美、草兒更綠了！

給小朋友的貼心話

小朋友，想一想，爲什麼樹公公說大富翁只是擁有大花園的所有權而已，而雲雀卻說童話作家才是眞正擁有了大花園？

如果不能眞正「樂在其中」，擁有的東西，只不過是冷冰冰的物體而已，你說是不是呢？

補天

像一粒石子投入湖水，掀起圈圈的漣漪……天神召開重大訊息說明會的消息，在動物界迅速傳揚開來。

動物們不禁議論紛紛：天神已經很久沒有現身地球了，這次祂將宣布什麼重大訊息？

盼望的日子終於來臨，天神準時從天而降，乘著祥雲緩緩飄落，全身金光閃閃。長壽眉、智慧眼、和氣臉，從身上散發出的吉祥氣息，讓動物們莫不發出陣陣讚嘆。

天神和藹的說：「大家吉祥如意。你們聽過女媧煉五色石補天的故事吧？現在天空臭氧層破了一個大洞，罪魁禍首的人類束手無措，竟然置之不理。如果不早日修補，我擔心破洞愈來愈大；有一天，整個天空會崩塌下來，造成世界末日。」

動物們驚恐萬分，齊聲說：「人類闖的禍，不該由地球上所有的生物承擔。人類不修補臭氧層，就由我們來做！」

天神很感動的告訴動物們：「我已準備好補天的釉藍石，它是修補臭氧層的最好材料。可是，補天任務並非每種動物都能做，各位量力而爲吧！」

天神徵求四位「補天急先鋒」。很多動物心有餘而力不足，只能望「天」興嘆。第一個報名的是飛龍，第二個是空中霸王老鷹，第三個是和平鴿，第四個是……當動物們看見沒有翅膀的螞蟻也報名時，不禁發出一陣如浪的笑聲。

天神將一袋釉藍石交給飛龍。只見飛龍一擺尾，扶搖上

九霄，迅速達成任務，獲得大家熱烈的掌聲。

老鷹雖是空中霸王，但飛行技術比飛龍差很多。於是他找來老鷹家族，採取接力方式，總算完成天神交代的任務。

接著，和平鴿叼著釉藍石，奮力向藍天飛去；飛到半空時，他的體力已用盡，眼看就要像倒栽蔥般墜落……這時候，突然飛來一朵彩雲，載著和平鴿向天空破洞奔馳而去，完成不可能的任務。

最後，天神把剩下的一塊釉藍石交給螞蟻。頓時，全場鴉雀無聲，動物們等著看螞蟻如何揹著釉藍石上路。

咦？他怎麼了？螞蟻站在釉藍石前面，虔誠的喃喃禱告起來。他禱告地球無災無難，天空完整無瑕；他祈求人間和平，永享安康。他的禱告聲愈來愈大，從蚊子般的嗡嗡聲到獅子吼，從潺潺細流聲到轟隆轟隆的雷鳴，最後，整個

地球只聽得到他禱告的聲音，是那麼聲聲入耳，是那麼撼動人心。

天神笑了。突然，那塊釉藍石像長了翅膀般騰空而起，宛如流星劃過天際，倒著向天空破洞疾馳而去；一路迸射的七彩虹光，將整個天空映得一片燦爛輝煌，然後不偏不倚飛到破洞裡，剛好填補天空臭氧層的最後一個窟窿。動物們目睹這幕奇幻景象，又驚又喜，發出震耳欲聾的歡呼聲。

天神論功行賞。祂賜給飛龍一對金翅膀，讓他飛行技術更爲高超；賞給老鷹千里眼，搭配上他的飛行技巧，往後穩當「空中霸王」；賜給和平鴿祥雲一朵，讓他飛累的時候，

有東西可以載著他飛。

天神不知道該賞什麼東西給螞蟻，便問他有什麼請求。螞蟻說：「請賜給我美麗的風景吧！當我工作疲累時，就可以坐下來欣賞。」於是，天神召來花神和樹神，要他們常追隨螞蟻左右。

從此，凡是螞蟻走過的地方，總是翠綠樹木成蔭、七彩花朵迎風綻放，空氣中飄散著迷人的花香。

給小朋友的貼心話

小朋友，天空的臭氧層破了一個大洞，這是一個警訊，告訴我們：再不注重環境保護，我們居住的地球，將面臨重大的劫難。

「補天」的工作，人人有責。只要每個地球人都能成爲環保尖兵，相信臭氧層的破洞就不會再擴大；我們的地球，將永遠是星群中最美麗的一顆。

國家圖書館出版品預行編目資料

幸福的好滋味／吳燈山；楊麗玲／插畫一
初版.一臺北市：慈濟傳播文化志業基金
會.2007.09〔民96〕288面；15X21公分

ISBN 978-986-83321-4-0 （平裝）

859.6 96017103

故事HOME 10

幸福的好滋味

創辦者 | 釋證嚴
發行者 | 王端正
作者 | 吳燈山
插畫作者 | 楊麗玲
出版者 | 慈濟傳播人文志業基金會
11259台北市北投區立德路2號
客服專線 | 02-28989898
傳真專線 | 02-28989993
郵政劃撥 | 19924552 經典雜誌
責任編輯 | 賴志銘、高琦懿
美術設計 | 尚璟設計整合行銷有限公司
印製者 | 禹利電子分色有限公司
經銷商 | 聯合發行股份有限公司
台北縣新店市寶橋路235巷6弄6號2樓
電話 | 02-29178022
傳真 | 02-29156275
出版日 | 2007年9月初版1刷
2013年11月初版9刷
建議售價 | 200元